Jean-Louis Glineur
Todesangst in der Nordeifel

Danksagung

Mein besonderer Dank gilt Radioropa Hörbuch Division Of Technisat Digital.

Dieser Verleger veröffentlichte „Todesangst in der Nordeifel" im Jahr 2006 als Hörbuch mit einer Laufzeit von 225 Minuten.

Die Hörfassung ist mittlerweile vergriffen, aber ich erwäge eine erneute Veröffentlichung.

Simmerath, im Juli 2016

Jean-Louis Glineur

Todesangst in der Nordeifel

- Schreer und Vartan ermitteln -

von

Jean-Louis Glineur

Handlungen und Personen sind frei erfunden. Ähnlichkeiten mit lebenden oder toten Personen sind rein zufällig.

Der Roman führt den Leser in das Jahr 2005.

Bibliografische Information der Deutschen Nationalbibliothek: die Deutsche Nationalbibliothek verzeichnet diese Publikation in der Deutschen Nationalbibliografie. Bibliografische Daten sind im Internet über http://dnb.d-nb.de abrufbar.

Impressum
Texte © Copyright by
Jean-Louis Glineur, D-52152 Simmerath
Umschlaggestaltung, Korrektorat: Jean-Louis Glineur
Email: jean-louis.glineur@t-online.de
Website: www.glineur.de
Bildmaterial © Copyright by Jean-Louis Glineur

TWENTYSIX – der Self-Publishing Verlag
Eine Kooperation zwischen der Verlagsgruppe Random House GmbH und der Books on Demand GmbH

Herstellung und Verlag:
BoD – Books on Demand, Norderstedt
ISBN:9783740714277

Alle Rechte vorbehalten

Das Werk, einschließlich seiner Teile, ist urheberrechtlich geschützt. Jede Verwertung ist ohne Zustimmung des Verlages und des Autors unzulässig. Dies gilt insbesondere für die elektronische oder sonstige Vervielfältigung, Übersetzung, Verbreitung und öffentliche Zugänglichmachung.

Erstes Kapitel

Marianne Belder hechtete über die Pfütze. Jogging war ihre Leidenschaft, und es verging kein Morgen ohne einen Langlauf durch den Wald zwischen Dedenborn und Hammer inmitten der nahezu unberührten Nordeifel. Die Täler und Höhen motivierten sie, jeden Lauf mit neuer Bestzeit zu schaffen. Die Kühle des Morgens und eine Spur Verschlafenheit ließen sie den Tag etwas später als an anderen Tagen beginnen. Wolfram war über Nacht geblieben, und der kleine Max wollte nicht ins Bett. Es war bereits 7 Uhr und spät für eine Frühaufsteherin wie Marianne. Die Nässe und die matschigen Wege waren ihr recht, denn dann gab es auch keine gaffenden Spaziergänger unterwegs. Ihre Freundin Elke hatte leider abgesagt. Vermutlich hatte Elke wieder mal einen Typ am Vorabend im Simmerather Bistro aufgegabelt und mit nach Hause genommen. Elke lernte einfach nicht dazu, dachte Marianne, als sie über die nächste Pfütze sprang.

Anders als die Schumi-Brüder Michael und Ralf, die sich noch einen Tag zuvor in der Schlussrunde vom Grand Prix von Monaco ein wahnwitziges Duell Rad an Rad auf der Ziellinie lieferten, lief Marianne lieber alleine und gegen die Uhr über Stock und Stein. Ralf Schumacher fand das Manöver von Bruder Michael zu riskant und krähte überall heraus, bei Schumi I würde das Hirn aussetzen. Sie dachte daran, weil sich Wolfram und ihr kleiner Sohn Max gestern lieber vor die Glotze setzten. Also lief Marianne auch schon am Nachmittag des Vortages, nachdem die zwei

Fachsimpler Christian Danner und Kai Ebel bei RTL immer noch der kompetenten Meinung von Co-Moderator Niki Lauda vertrauten. Wolfram und der kleine Max diskutierten natürlich vor dem Fernsehapparat mit und Marianne zog lieber ihre Läuferklamotten und ihre neuen *Nike*, die sie noch richtig einlaufen musste, an.

Der Montagmorgen war kalt und feucht. Mariannes Walkman trällerte „*Summer Of 69*" von Bryan Adams, als sie die nächste Pfütze mit Laufschuhen voll erwischte. Sie fluchte laut und spürte die schmutzige Nässe an ihren schlanken und durchtrainierten Waden hochkriechen.

Der Regen der Nacht konnte Marianne nicht davon abhalten, auch heute mindestens sechs Kilometer zu laufen. Ihr Outfit war nicht sexy. Das blaue T-Shirt saß ebenso eng am Körper wie ihre blaue Laufhose, die unterhalb der Knie endete. Ihr kleiner Busen machte einen Büstenhalter überflüssig. „*Stay my ground*" von Within Temptation jagte jetzt durch die zwei Ohrstöpsel. Bryan Adams gefiel ihr besser. Oder Billy Idol, dieser Edel-Punk aus den 80er Jahren.

Den Mann hinter den Büschen sah sie nicht. Marianne atmete regelmäßig und spürte keine Seitenstiche. Ihr Schritt war stark und gleichmäßig, so gleichmäßig, wie ihr trainiertes Herz schlug.

Als Marianne etwas am Kopf streifte, spürte sie einen derben Schmerz und strauchelte. Ein Ast konnte es nicht gewesen sein. Für die Läufer und Spaziergänger hatte das Forstamt jeden auf die Laufwege ragenden und lästigen Ast abgesägt. Marianne hörte ein böses und schallendes Lachen. Pfiffe und Anfeuerungsrufe von Spaziergängern beantwortete sie beim Joggen, je nachdem, wer es war, mit einem Augenzwinkern oder einem Stinkefinger.

Was war das? Sie blieb einen Moment stehen uns fasste sich an die Stirn. Blut lief ihr in die Augen, und den Mann, der wie aus dem Nichts auftauchte, nahm sie nur verschwommen wahr. Sie sah den großen Stein, der sie mit spitzer Kante getroffen haben musste.

„Wehr' dich nicht!" Marianne hörte eine Stimme wie durch einen Schleier und mit einem Dialekt, den sie später als vielleicht russisch oder polnisch in Erinnerung hatte. So sollte sie es zu Protokoll geben. Angst floss durch ihren Körper. Ihr Herz schlug schneller, und Marianne sah nur schemenhaft, wie der Unbekannte auf sie zustürzte. Der Schlag seiner Faust war so wuchtig, dass sie wankte.

Ich muss mich wehren, dachte Marianne in dem Augenblick, als der Unbekannte sie packte. Sie stürzte zu Boden und spürte den Griff einer massigen Pranke um ihren Hals. Es war sein linker Arm, der sie auf den nassen und aufgeweichten Boden presste. Die andere Hand des Angreifers fasste zwischen ihre Beine und riss an der Sporthose und ihrem Slip. Marianne schlug wild um sich und riss den Unbekannten an seinem Hemd. Er roch nach Schweiß und verbrannter Asche. Er stank einfach bestialisch. Sein Atem an ihrem Hals roch nach Zähnen, die nicht geputzt waren. Diese Gerüche nach Fäule und Knoblauch sollten Marianne nie mehr verlassen.

Der Mann schrie und Marianne zerrte verzweifelt an seinem Hemd. Sie krallte sich in sein Kinn und wollte das Monster fortdrücken. Er lag mit seinem ganzen Gewicht auf ihr, als sie wieder seine Hand zwischen ihren Beinen spürte. Ein Finger drang brutal in sie ein.
Seine andere Hand würgte sie. Marianne sehnte sich nach frischer Luft. Sie empfand den Atem des Fremden wie eine Mischung aus Hausmüll und wässrigem Durchfall. Ekel stieg in ihr hoch.

Die zweite Hand des Fremden wühlte plötzlich nicht mehr in ihrer Vagina und ergriff sie an der Kehle. Das Stöhnen von Marianne wurde schwächer. Die zwei starken Pranken schlossen sich um ihren Hals. Marianne hatte ein Gefühl, als würden ihr die Augäpfel herausspringen.

Sie sah in zwei dunkle Augen, die ihr irre erschienen. Das schwammige Gesicht mit dem Doppelkinn und den schütteren Haaren sollten Marianne in Erinnerung für das Phantombild bleiben. Sein Kraftaufwand und die Wut ließen ihn rot anlaufen. Seine Halsmuskeln waren geschwollen und unnatürlich. Der stinkende Fremde drückte ihr die Kehle mit aller Kraft zu, er schrie in dieser fremden

Sprache, die Marianne nicht verstand.

Als sie ihre Augen schloss und ihre erschöpften Schreie verstummten, ließen die beiden Hände von dem Fremden ihren Hals los. Sie spürte, wie er ihr die Trainingshose herunterriss und in sie eindrang. Der stechende Schmerz erinnerte sie an die Vergewaltigung, als sie noch siebzehn war.

Als er sich brutal und hart in ihr bewegte, nahm sie nur noch grunzende Laute wahr und verlor das Bewusstsein.

Sie wusste nicht, wie viel Zeit vergangen war. Marianne spürte die Sonne, die auf ihren Körper schien und tastete erst über den Boden und griff sich an die Hüften. Keine Trainingshose, kein Slip.

Ihr Kopf hämmerte. Marianne spürte Schmerzen und fühlte etwas Nasses, ihr eigenes Blut. Es war geronnen und wurde klebrig an ihren Fingern, die ihren Schamhügel betasteten.
Als sie die Augen öffnete, sah sie einen Eichelhäher, der schimpfend auf einem Ast saß. Marianne liebte die scheuen Eichelhäher. Liegend dachte sie nach. Nein, es war kein Traum und Tränen schossen ihr in die Augen. Sie traute sich, ihren pochenden Schädel nur langsam nach rechts und links zu bewegen. Mit der rechten Hand griff sie nach ihrem Hals. Die Silberkette, die ihr Mann ihr zum Geburtstag geschenkt hatte, fehlte. Das Medaillon war nicht wertvoll gewesen, aber sie liebte den kleinen Anhänger mit dem silbernen Eselchen.

Das ist vielleicht doch alles nur ein böser Traum, dachte sie erneut verwirrt und erschrak, als sie in das Gesicht eines alten Mannes mit großen Tränensäcken und einer dicken Hornbrille blickte. Sie schlug nach ihm und hörte dann eine Frauenstimme.

„Hermann, sei vorsichtig! Sie ist vergewaltigt worden. Wir müssen die Polizei rufen!"

Die alte Dame zog ihre Strickjacke aus und legte sie schweigend über Mariannes entblößten Unterleib. Marianne schaute in die beiden Gesichter, die besorgt und ebenso liebevoll schauten. Der alte Mann verbarg die Hände vor seinen Augen und zitterte.

„Liebling, mach' du das. Es ist wie damals bei unserer Enkelin vor zehn Jahren."

„Eins-eins-null", hauchte Marianne leise und sah, wie die alte Frau ein Handy an das Ohr hielt. Marianne wollte wieder in Ohnmacht fallen und fragte sich vorher, ob der Vergewaltiger ahnen würde, dass sie noch lebt.

Der Schmerz an ihrem Ringfinger war pulsierend und sie flüsterte: „Er hat meinen Ehering genommen."

Zweites Kapitel

Ich lebe mehr schlecht als recht. Als ich meine Ausbildung zum Industriekaufmann halbwegs ertrug und auch mit einer dreikommazwo überstand, ahnte ich bereits, dass der Job mir keinen Spaß machen wird. Vielleicht gibt es auch etwas wie „höhere Magie", denn jeder Laden, der mich beschäftigte, ging auch pleite. Insolvenz nennt man das. Deutschland sollte froh sein, dass ich kein Beamter bin, denn wenn die Behörden Pleite gehen, dann entsteht eine neue Revolution.

Ich bin selbständig. Als Privatdetektiv lebe ich zwar jeden Tag von der Hand in den Mund, aber ich bin mein eigener Herr. Zu lange eigentlich, denn seit zwei Monaten lebte ich von den paar Euro, die ich nicht bar auf mein Konto einzahlte. Meine Bank ist zwar kulant, aber bei einem Privatdetektiv glaubte auch sie nicht an eine Besserung der Finanzlage. Das Schild DETEKTEI ALWIN SCHREER & ANNE-CATHERINE VARTAN lockte wenige Kunden. Die meisten hatten kein Geld, und die anderen langweilten uns mit Aufträgen, die spröde waren. Es machte selten Spaß, vor dem Haus eines angesehenen Bürgers mit der Spiegelreflex zu stehen und abzulichten, wer in das Haus ein und ausgeht, wenn der gute Mann nicht da ist und seine Reden vor irgendwelchen Gremien schwingt. Zeit hätte ich also genug, meine Wohnung aufzuräumen. Die stets aufgetürmten Kochtöpfe mit Resten von Spaghetti und Linsensuppe deprimierten mich. Zum Glück hatte die Küche eine Tür und einen passenden

Schlüssel.

In meinem Büro sah es wenigstens effizient nach Arbeit aus. Mindestens zwanzig vergrößerte Fotos hingen an den Wäscheleinen, die Anne und ich kreuz und quer auf gehangen hatten. Es war ein Auftrag aus dem deutschsprachigen Teil Belgiens. Anne, eine Ex-Journalistin mit Spürsinn, observierte eine weibliche industrielle Größe und Millionenerbin, wie sie ihre Liebhaber dutzendweise durchbumste, und der Auftrag würde uns mindestens 3.000 Euro einbringen, die unser Firmenkonto auch dringend benötigte. Der betrogene Ehemann hatte die verlangten 75 Prozent Anzahlung überwiesen. Der bis zum Geht-Nicht-Mehr loyale Berater meiner Hausbank hatte sich bereits bis weit aus dem Fenster gewagt, als er den letzten Kredit unterschrieb, und er konnte so seinen Chef zunächst beruhigen.

Zu den 3.000 Euro brachten die Schnappschüsse Anne zunächst ein blaues Auge ein, denn einer der prächtigen Lover der Industriebossin hatte Anne in ihrem versteckten Honda Accord entdeckt und seinen Fahrer per Handy informiert, der Anne sofort aus dem Auto zerrte und die Kamera kurz und klein schlug. Typisch, im bescheidensten Auto seines Fuhrparks angerollt kommen, aber den Chauffeur und seines Zeichens auch Bodyguard zum Schäferstündchen mit-schleppen!

Vor dem Haus seiner liebeshungrigen Gespielin stand sein bescheidener Ford Puma mit Fahrer, den er sicher seiner Frau entliehen hatte. Annes gute *Canon* war komplett zerstört, und ebenso demoliert war das Gesicht des Chauffeurs. Anne fackelte nie lange, wenn sie ihre Karatekünste an den Mann bringen konnte. Sein Pech, dass sie gerade den Film gewechselt hatte und die Beweisbilder längst in den Händen von Arno waren, den Harz IV zwar erwischt hatte, der aber mit seiner Crossmaschine immer gerne den Boten spielte, wenn etwas für ihn heraussprang.

Es klingelte, und ich fluchte laut, weil mein Büro chaotisch war, die Küche wie nach einer Schlacht aus *Braveheart* mit Mel Gibson aussah und es mir nach wie vor nicht gelungen war, die unzähligen Wollmäuse auf dem Parkett meines Wohnzimmers zu bändigen.

Ich ärgerte mich über meinen Geiz, mir keine Putzhilfe anzuschaffen und entschied mich spontan, dass ich die kleine Tanja aus der Nachbarschaft fragen würde, für ein gutes Taschengeld in meinen vier Wänden und dem gemeinsamen Büro von Anne und mir Ordnung zu schaffen.

Conan der Barbar stand vor meiner Tür und nickte mir freundlich zu. Der attraktive, dunkle Anzug ließ auf *Armani* oder den guten *Hugo Boss* schließen. Jedenfalls hatte *Conan* nichts für Krawatten übrig und lächelte gequält. Muskulös und langhaarig sah er wie ein Schauspieler für Fantasyfilme aus.

„Darf ich reinkommen?" fragte er. Ich hatte nichts

dagegen einzuwenden, denn ich hoffte auf einen neuen Auftrag. Ich sah an mir herab und war weniger landfein. Die Jeans stand vor Dreck, denn ich hatte mich nicht auf Besuch eingestellt, das T-Shirt mit der Aufschrift „Eifel" war frisch gewaschen, aber an meinen nackten Füßen schämten sich zehn seit längerem dringend für eine Pediküre geplante Fußnägel.

Ich nickte und *Conan* folgte mir ins Arbeitszimmer. Die Schreibtische von Anne und mir standen gegenüber und waren mit Zeitungsausschnitten von Mord- und Totschlag der letzten drei Monate übersät.

„Mein Name ist Alwin Schreer", stellte ich mich vor und hielt *Conan* die Hand hin. Er ergriff sie und gab mir mit seiner Linken seine Visitenkarte. Ich las *Wolfram Belder* und seine Profession war die eines Automobilverkäufers. *Conan* hatte also einen Namen, auch wenn mein Eindruck nicht verschwand, dass er Schwarzenegger wie aus dem Gesicht geschnitten ähnlichsah.

„Nehmen Sie Platz, falls Sie einen finden," sagte ich kurz, um wenige Minuten zu verschwinden und eine andere Jeans und Socken anzuziehen. Ich brachte uns ein Tablett mit Kaffee.

„Haben Sie einen Auftrag für mich? Eine Ehefrau, die Ihnen Hörner aufsetzt, oder zerkratzt jemand dauernd Ihren schönen Jaguar vor der Tür?"

Wolfram Belder sah mich an bekam stahlharte

Gesichtszüge. Er rang tief nach Luft.

„Ich sehe auf Ihren Schreibtischen bereits den Fall liegen, warum ich Sie engagieren möchte. Und ich sage Ihnen, Geld spielt keine Rolle. Ich will das Schwein, das meiner Marianne, das ist meine Frau, *das* hier angetan hat."

Er griff nach einem Zeitungsbericht, den ich ausgeschnitten und noch nicht für unser Archiv eingescannt hatte: FRAU AUS GEMÜND GEWÜRGT UND BRUTAL VERGEWALTIGT war der Headliner, und der Untertitel lautete *Mutter eines dreijährigen Kindes gerettet. Täter unbekannt.* Belder griff erneut auf meinen Schreibtisch und entdeckte einen weiteren Bericht zu dem Fall mit einer Phantomzeichnung des mutmaßlichen Vergewaltigers. Sachdienliche Hinweise seien bei der Polizeistation Schleiden oder jeder anderen Dienststelle, auch anonym, erbeten. Ich überflog beide Berichte kurz und war erstaunt.

„Warum, Herr Belder, wenden Sie sich an mich? Die Kripo in Schleiden, und mit Sicherheit auch die Kollegen in Simmerath, sind an der Sache dran. Wieso überhaupt ist der Fall nicht im Kreis Aachen, sondern bei der Kripo in Schleiden? Der Überfall geschah doch zwischen Dedenborn und Hammer. Das ist Kreis Aachen. Ich bin nur Privatdetektiv."

Belder blickte düster. Hektisch durchwühlte er seine Taschen und fand nur ein Feuerzeug mit der Aufschrift *Plus*. Ich bot ihm eine meiner blauen

Gauloises an und ließ ihm Zeit für die Antwort. Er nahm zwei tiefe Züge und trank seinen Kaffee, jene meiner Lieblingssorten, die ich in Belgien hinter der Grenze kaufe und die auf den Namen *Chat noir* hört.

Belder nahm Anlauf. „Hören Sie, meine Frau ist vor vier Wochen fast umgebracht worden. Und das Schwein, das Marianne auflauerte, hat sie zudem brutal vergewaltigt. Und das mehr als einmal. Er ist ganz nah von Dedenborn über sie hergefallen. Zwischen Dedenborn und Hammer! Wie ein Tier! Und unser kleiner Sohn Max hat jetzt eine vollkommen verstörte Mutter und ich eine vollkommen verbitterte Familie."

Schweiß lief ihm von der Stirn und sammelte sich an den Nasenflügeln. Auch seine Achselhöhlen waren triefend nass. Ich ließ ihn einen Augenblick zur Ruhe kommen und schob ihm die Schachtel *Gauloises* neben seine Kaffeetasse.
„Okay, Herr Belder, ist kenne den Vorfall aus der Zeitung. Wie kommt es, dass nicht die Polizei im Kreis Aachen hier das Regiment hat? Es wäre logisch, denn hinter Vogelsang teilen sich ja Kreis Aachen und der Kreis Euskirchen."

„In den letzten Monaten gab es in der Schleidener, Gemünder und Kaller Umgebung sexuelle Übergriffe auf Frauen." Belder zündete sich eine neue Zigarette an.

„Wir leben eigentlich in Gemünd, und die Ehe zwischen Marianne und mir kriselte viele Monate.

Meine Marianne wohnte ein paar Wochen in einem der schönen Häuser in Hammer, das meiner Schwester gehört. Auch unser Sohn war oft bei ihr, und wir sahen uns fast täglich. Die letzten Wochen liefen wieder gut, weil ich versprach, dass ich weniger arbeiten und mich meiner kleinen Familie widmen werde. Marianne hatte schon alles gepackt, um zurück zu kehren. Am Sonntag hatte sie noch gelästert, weil Max und ich ausgelassen vor der Glotze saßen und Formel 1 schauten und ging eine Runde laufen. Unser Kleiner ist ein Autonarr. Das ist jetzt vier Wochen her."

Belder schluchzte und konnte seine Tränen nicht mehr zurückhalten.

„Marianne wollte den Tag später wieder zu mir und Max zurückkehren. Sie ist jetzt wieder da, aber sie ist oft wie in Trance. Ich möchte, dass sie recherchieren. Für jeden Preis. Das Geld habe ich. Der Jaguar vor der Tür wird morgen verkauft und bringt runde 25.000 Euro. Und ich habe Erspartes."

Belder zog erneut tief an der *Gauloises* und würde wohl nie ein Kandidat für eine Anti-Raucherkampagne.

„Ich habe bei der Polizei Schleiden einen Freund, Kommissar Welsch von der Kripo. Wieso Schleiden zuständig ist, weiß ich nicht. Falls es da überhaupt eine Regelung gibt. Polizeiarbeit hört ja nicht an der Kreisgrenze auf. Ich weiß nur, dass er von ähnlichen Fällen in der Vergangenheit erzählt hat, die in den

Wäldern um Gemünd, Hellenthal und Kall seit drei oder vier Monaten geschahen. Es soll mindestens vier Fälle geben, und die Opfer konnten jedes Mal fliehen. Auffällig sei, dass alle Opfer von einem Mann mit polnischem oder slawischen Dialekt sprachen. Welsch wollte den Fall unbedingt, aber er muss sich an Vorschriften halten. Der Kommissar weiß, dass ich bei Ihnen bin und hat zuerst die Augen verdreht. Er war nicht begeistert, aber er hat mir erzählt, dass Sie ihm auch früher den einen oder anderen Tipp gegeben haben und er Ihnen etwas schuldig ist. Außerdem kennen Sie meine Frau. Sie haben als Teenie blind für sie geschwärmt. Hat sie mir mal erzählt. Bevor wir heirateten und sie den Namen Belder annahm, hieß sie Zeyen."

Ich hatte ein ‚*verdammte Scheiße*' auf der Zunge. Verdammt, Marianne Zeyen, die ich als Junge von 17 Jahren heimlich, still und leise wie eine Göttin verehrte. Dann fiel ich bei ihr komplett durch, als sie mich beim Kiffen in meiner Clique erwischte. Vier Wochen hatte sie damals nicht mir mir geredet. Marianne, mein Gott, das war jetzt 23 Jahre her. Jetzt erkannte ich auch Wolfram wieder.

„Ich nehme den Auftrag an und über das Geld reden wir gleich. Und ich fände es okay, wenn wir uns auf Wolfram und Alwin einigen. Ich möchte dir helfen, aber ich brauche noch mehr Fakten. Und behalte erst mal deinen Jaguar."

Ich nannte Wolfram meine Tagessätze. Spesen und mögliche Schmiergelder hatte er zu tragen. Wolfram ging, und ich hing meinen Gedanken nach. Ich war damals ein Teenager und liebte Marianne heiß und innig. Ihrer Familie ging es finanziell nie sehr gut und sie trug oft die abgetragene Kleidung ihrer älteren Schwester Tiffany. Doch selbst in Lumpen hätte Marianne wie eine Prinzessin ausgesehen. Sie hatte das Lächeln von der verstorbenen Lady Diana und den grazilen Körper einer Ballettschülerin. Und sie hatte einen aufrechten Gang wie Sophia Loren. Wir waren uns nur einmal nah, wenn man es überhaupt so nennen konnte. Als sie ihren 16. Geburtstag hatte, stach meine Überraschung alle anderen aus. Ich hatte ihr einen großen Blumenstrauß und ein Plüschtier mitgebracht. Sie liebte Stoffesel, und das Plüschvieh und sie waren wie eine Liebe auf den ersten Blick. Erst drückte sie den Esel und dann mich.

Ich las zum elften oder zwölften Mal die beiden Berichte über den Überfall auf Marianne, die aus der *Rundschau* stammten. Deren Lokalredaktion sitzt in Gemünd, und mein Freund Christian Hermes ist dort Redakteur und Spürnase für alle brisanten Dinge, die in der Eifel und im Grenzgebiet Belgiens laufen. Er wäre sicher noch eine große Hilfe. Doch zuvor rief ich in Euskirchen beim *Stadt-Anzeiger* an und bat, dass ich auch die Berichterstattung von dort per Fax erhielt. Das Phantombild des Vergewaltigers war größer als der Abdruck in der *Rundschau*. Ein Gesicht mit stechenden Augen, einer langen Nase und schmalen Lippen starrte mich an. Seine Haare waren dunkel, kurz und die hohe Stirn ließ auf Haarausfall in früheren Jahren schließen. Er hatte ein markantes Doppelkinn. Marianne hatte bei der Beschreibung des Täters angegeben, dass seine Schneidezähne verschoben waren. Ich wollte mich gerade bei Pete Becker bedanken, als mein Faxgerät alle Seiten ausgespuckt hatte.

„Bleib' dran, Alwin, hier kommt ganz frisch eine Meldung rein. Es wurde heute Nachmittag wieder eine Frau gefunden, diesmal tot und vermutlich auch vergewaltigt. Du kannst in zwanzig Minuten dort sein, denn der Fundort ist zwischen Broich und Winzen. Verdammt!"

Drittes Kapitel

Die Verbindung war unterbrochen, ich ließ meinen alten Honda Civic aufheulen und wühlte mit einer Hand nach meiner Digitalkamera. Ich schoss durch die engen und kurvigen Straßen von dem kleinen Dedenborn, um dann Richtung Einruhr zu jagen. *Vorsicht, Junge,* dachte ich mir, *in dieser tückischen Kurve nach Rurberg hast du bereits vor vielen Jahren einen Alfa verschrottet.* Aber mit dem Civic schoss ich driftend durch die Unheilkurve. Ich pfiff auf die Tempo 50 in Einruhr und erwischte am Ausgang die stationäre Radarfalle. Naja, 75 statt 50 Stundenkilometer sind noch bezahlbar. Ich jagte bis Gemünd, bog rechts nach Olef ab und schlich durch den verkehrsberuhigten kleinen Ort, um dann auf der steilen Straße bis Winzen jeden Gang voll auszudrehen.

Ich musste nicht lange suchen, bis ich zwischen Notarzt, Polizeifahrzeugen und einem Leichenwagen Kommissar Welsch und Christian von der *Rundschau* entdeckte. Die Straße war von beiden Richtungen abgesperrt, und ich sah mehr als ein Dutzend Beamte, die bemüht waren, Spuren zu sichern. Andere versuchten, die neugierigen Zuschauer zurück zu drängen. Der Mord hatte sich in Windeseile herumgesprochen. Ich parkte den Civic schräg in die Böschung und quälte mich mit Kamera und Tonband aus dem kleinen Japaner. Welsch musterte mich mürrisch und starrte Christian böse an.

„Ich habe Herrn Schreer nicht informiert", meinte er trocken. Welsch kam langsam auf mich zu, denn viele Jahre Schreibtischdienst und ebenso viele Tafeln Schokolade hatten aus dem etwa fünfundvierzigjährigen Mann eher eine Kugel auf zwei Beinen geformt. Christian Hermes von der *Rundschau* schlich ihm achtlos nach, und in diesem Augenblick kreischten die Räder von Pete's Clio. Verspätet, aber nicht zu spät, hatte er es aus der Redaktion in Euskirchen noch geschafft und hetzte, mit Kameras überhängt, auf uns zu. Sein überhitzter Renault war froh über diese Verschnaufpause.

Welsch nahm die *Gauloises*, die ich ihm anbot. Dass es meine letzte war, störte ihn nicht. Das hat ihn noch nie gestört, und ich schnorrte mir eine *Lucky Strike* bei Christian.

„Sie, meine beiden Herren", fuhr Kommissar Welsch die beiden Journalisten an, „Sie können jetzt Ihre Fotos machen und mit meinem Kollegen Breinig reden. Aber wehe, Sie treten irgendwohin, wohin Sie es nicht dürfen! Spuren haben wir noch nicht endgültig eingesammelt und Sie bleiben außerhalb der Absperrung! Ist das K-L-A-R ?"

Welsch drehte seinen behäbigen Körper mit mindestens 130 Kilo Lebendgewicht und der Größe einer nur mittelhohen Kommode wieder zu mir. Ich hätte ihn aufmerksam machen sollen, dass er bereits den Filter rauchte, aber eigentlich war er alt genug, diesen Geschmacksunterschied auch ohne detektivischen Sachverstand zu bemerken.

„Alwin, wir kennen uns lange genug, und ich wundere mich auch nicht, wenn du hier überraschend auftauchst. Ich schulde dir auch den einen oder anderen Gefallen und weiß, dass Wolfram Belder dich engagiert hat."

„Hat er, soeben, heute Vormittag. Und wenn du meine Hausbank fragst, wird sie dir bestätigen, dass ich dringend Bares einfahren muss. Er hat mir eine Anzahlung von 1000 Euro hinterlegt. Außerdem kannte ich Marianne Belder aus der Schulzeit und war früher schwer in sie verliebt."

Welsch schnaubte und sog tief Luft ein. Den Rest des angerauchten Filters schnippte er in den Graben.

„Gut, setzen wir uns in deinen Wagen, auch wenn dein Honda so ausschaut, als wenn er bald die Schrottpresse sehen wird."

„Er fährt und fährt und fährt. Und die alte Kiste hat den Vorteil, dass niemand einen Schnüffler in der Gurke vermuten würde."

Der Beifahrersitz ächzte, als mein alter Schulkamerad Welsch, mit dem ich mich als Kind fast täglich geprügelt hatte, sich in den Wagen plumpsen ließ. Er zückte ein Notizbuch und blätterte hastig.
„Marianne Belder", sagte Welsch und macht eine kurze Denkpause. „Wir haben nach dem Überfall auf sie Stoffpartikel eines blauen Flanellhemdes gefunden. Eine Art Arbeitshemd, wie es

millionenfach verkauft wird. Wir konnten leicht den Hersteller herausfinden, als wir ein paar Geschäfte in und um Euskirchen abklapperten. Wir sind sicher, dass es sich um einen Massenartikel von *Masso Giotto* handelt, und noch erstaunlicher ist, dass die Verkäuferin sich an einen sonderbaren Vogel erinnert, der einen polnischen oder russischen Akzent hatte. Der hat gleich zwanzig oder fünfundzwanzig dieser Hemden in der Größe XL gekauft. Er ähnelte zwar nicht dem Phantombild, das wir ihr nach dem Überfall auf die Belder zeigten. Aber wir haben heute eine heiße Spur bei diesem beschissenen Mord an dem Mädchen entdeckt. Der Mörder hat eine Tasche stehen lassen. Er ist von einem Forstarbeiter gestört worden und abgehauen. Dieser Waldmensch war so dumm, seinen Jeep mit dem Schlüssel im Schloss stehen zu lassen, und unser Mörder ist mit der Karre quer durchs Feld abgehauen. Den Jeep haben wir bereits gefunden. Der Mörder hat ihn in Kall am Bahnhof abgestellt. Aber die Tasche war wenigstens ergiebig. Warum wohl, was sagt dein Detektivhirn?"

„In der Tasche war ein Hemd von *Masso Giotto*, vermutlich blau."

Welsch triumphierte, denn er hatte noch einen Trumpf im Ärmel.

„Ja, *Masso Giotto* in blau! Wir sind zwar noch nicht sicher, aber wir sind der Meinung, dass der Mörder von heute dieses Hemd vielleicht getragen hat, als er die Belder überfiel. Sie hatte bei ihrem ersten

Protokoll angegeben, dass sie sich sicher sei, dass sie ihrem Peiniger den rechten Ärmel aus den Nähten gerissen hat. Und dieses Hemd hat einen angenähten Ärmel. Mehr schlecht als recht, aber alles spricht für eine Verbindung zu dem Überfall vor vier Wochen. Wir müssen Frau Belder das Hemd zeigen, sobald wir alles untersucht haben. Ein paar andere Klamotten waren ebenfalls in der Tasche. Eine schwarze Jeans, Socken, Unterwäsche und zudem ein paar Konservendosen."

„Wer ist die Frau, die heute sterben musste?"

Welsch schnaubte wieder und blickte in sein schwarzes Notizbuch.

„Sie war eigentlich noch ein Mädchen. Fünfzehn Jahre alt. Paola Lange aus Broich. Nach unseren ersten Ermittlungen fuhr sie mit ihrem Mofa Richtung Winzen, um eine Freundin zu besuchen. Wir vermuten, dass der Mörder sich ihr einfach in den Weg gestellt hat. Das Mofa liegt im Graben. Die Straße ist wenig befahren, aber ein Überfall hier ist trotzdem sehr dreist. Der Täter hat das Mädchen einige Meter in den Wald gezerrt. Er hat sie vergewaltigt und mit bloßen Händen erwürgt. Vorher oder nachher wissen wir noch nicht. Und jetzt habe ich die verdammte Aufgabe, den Eltern beizubringen, dass ihre Tochter nie mehr nach Hause kommen wird."

Welsch schälte sich aus dem Sitz und verschwand. Vorher gab er mir noch unter leichtem Protest die

Adresse des Ladens in Euskirchen, wo der Unbekannte die Hemden von *Masso Giotto* gleich im Dutzend gekauft hatte.

Ich drehte und fuhr zurück nach Olef, hielt kurz in Gemünd, um *Am Plan* eine Portion Pommes mit Bratwurst in mich hineinzustopfen. Es dauerte dreißig Minuten, bis ich in Euskirchen war und entdeckte den etwas heruntergekommen wirkenden Kleiderladen in der City. *All you can wear* stand auf einem vergammelten Schild. Umso ordentlicher und aufgeräumt wirkten die Regale in dem kleinen Geschäft. Hemden in allen Größen, Jeans in verschiedenen Farben und Röcke und Blusen waren hier wohl der Renner für schmale Geldbörsen.

Als ich mich umsah, entdeckte ich einen Stapel Flanellhemden und schaute auf das Etikett im Kragen. *Masso Giotto*. Ich nahm drei Hemden in der Größe XL, eines in blau, eines in schwarz und das dritte in grün. Das Karomuster gefiel mir nicht, aber ich war sicher, dass jemand auffiel, der solch ein Hemd trug.

Die Verkäuferin war rothaarig, jung und hübsch. Ihre Kleidung ließ vermuten, dass sie nicht ihre eigene Kundin war, sondern lieber im *Kaufhof* shoppen ging. Sie lächelte mich mit strahlend weißen Zähnen an. Ein Namensschild an ihrer Bluse verriet, dass sie Jana Kohlstock hieß. Ich werde nie verstehen, warum Bosse ihre Angestellten nicht anonym lassen. Jeder Irre, oder auch nur ein Verliebter, könnte mit ein wenig Mühe und einem Telefonbuch die Anschrift und die Telefonnummer herausfinden.

„Frau Kohlstock, Sie können mir helfen, und ich spendiere Ihnen diesen schönen 50-Euro-Schein für ein Abendessen mit ihrem Freund oder wem auch immer. Mein Name ist Schreer, hier ist meine Visitenkarte, und erschrecken Sie bitte nicht. Ich bin Privatdetektiv und ermittle in einer heiklen Sache."

Ihr Lächeln verschwand einen Augenblick, aber die 50 Euro ließen es sofort wieder aufblitzen.

„Also, ich weiß nicht. Vor ein paar Wochen war die Polizei bereits hier und fragte mich nach den Flanellhemden, wie Sie unter dem Arm tragen." Die Kohlstock wollte reden, wusste aber nicht, wo sie beginnen sollte.

„Sie werden nicht nur von der Polizei, sondern auch aus den Zeitungen oder Radio Euskirchen wissen, dass hier ein Typ herumläuft und Frauen überfällt. Eine der Frauen ist eine alte Freundin, und ihr Mann hat mich beauftragt, parallel zur Polizei im dem Fall zu ermitteln. Und heute Mittag ist in der Nähe von Broich bei Schleiden ein junges Mädchen ermordet worden. Der Täter hinterließ solch ein Arbeitshemd von *Masso Giotto*."

Jana Kohlstock erschrak und ihre Augen füllten sich mit Tränen. Sie ging zum Eingang und schloss die Tür ab. Schluchzend ließ sie sich auf einen Hocker nieder. Sie brauchte einige Minuten, um sich zu beruhigen.

„Ich habe dem Polizeibeamten alles schon erzählt. Da kam so ein Typ mit einem Dialekt aus dem Osten und hat dutzendweise diese Hemden gekauft."

Sie zeigte auf die drei Hemden, die ich auf die Ladentheke gelegt hatte: „Der Typ sah einfach schmierig aus und hat mich mit den Augen ausgezogen. Und der Idiot weiß offenbar nicht, was eine Fußgängerzone ist. Der fuhr einfach bis vor das Geschäft und warf die Hemden durch die Hecklappe."

„Haben Sie das der Polizei auch erzählt? Die wollten doch sicher wissen, was für ein Auto der Mann fuhr."
Sie erschrak. „Nein, das habe ich nicht. Das war ein beschissener Tag, als die Polizei hier aufkreuzte. Ich hatte Unterbauchschmerzen. Sie wissen schon... das passiert vielen Frauen einmal im Monat."

Jana Kohlstock überlegte. „Es war ein komisches Auto, nicht Fleisch und nicht Fisch. Ich bin mir nicht sicher, ob es ein Kombi oder ein Geländewagen war. Jedenfalls war er weiß und ziemlich heruntergekommen."

„Hat Ihr PC einen Internetanschluss?" Ich deutete auf den Rechner auf der Ladentheke und wartete nicht auf eine Antwort. Ich startete den Browser und stürze mich ins Internet.

„Wir gehen jetzt in eine Suchmaschine und schauen uns mal ein paar Wagentypen an, die auf Ihre

Beschreibung passen könnten. Eher Kombi oder eher Geländewagen?"

Jana Kohlstock schnäuzte sich und dachte einen Augenblick nach.

„Das Auto war recht hoch und kurz. Zwei Türen, steile Heckklappe. Ich finde, er hatte mehr einen Touch von einem Geländewagen."

Google spuckte ein Foto von einem Toyota Landcruiser aus, aber die Kohlstock schüttelte energisch mit dem Kopf. „Es war keine dieser bekannten Automarken."

Ich ging auf die Suche nach einem DKW Munga, aber auch hier verneinte sie. Hoch, kurz und kein bekannter Name. Ich überlegte und gab den nächsten Namen in die Suchmaschine.

„Das ... das ... das ist er! Das ist er ganz sicher. Aber das Auto von dem Typ war weiß und ziemlich verrostet. Und es hatte ein Euskirchener Kennzeichen. Daran erinnere ich mich auch noch."

Kalter Schweiß stand auf der Stirn von Jana Kohlstock. Ich zwinkerte ihr zu und legte ihr die versprochenen 50 Euro auf den Tisch und bezahlte auch die drei Hemden von *Masso Giotto*.

Ich musste telefonieren, Welsch anrufen und meine Partnerin erreichen, die heute offenbar verschlafen hatte. Anne und ich würden viel Arbeit haben. Der

Hemdenkäufer fuhr einen Lada Niva.

Viertes Kapitel

Ich entschied mich anders und rief Kommissar Welsch nicht an. Seinen Tobsuchtsanfall wollte ich mir nicht entgehen lassen und fuhr zur Polizeistation Schleiden.

„Verdammte Scheiße! Verdammte Anfänger! Wieso wissen wir nichts von dem Lada? Den Kollegen, der das verbockt hat, werde ich in der Luft zerreißen!"

Welsch kannte keine Bremse und hämmerte wie ein Wilder auf den Schreibtisch. Bei seiner Körpermasse ging ihm die Energie bald aus und er schnaubte wie ein Nilpferd. Der Kollege, den er zusammenstauchen wollte, tat mir leid.

„Es ändert nichts an der Tatsache, dass wir jetzt einen Schritt weiter sind. Der Schupo konnte doch nicht ahnen, dass so ein Typ frech mit seinem Auto in die Fußgängerzone fährt. Und wenn die Verkäuferin bei seinem Besuch auch noch ihre Tage hatte, war sie auch nicht so fit."

Welsch überlegte und spielte nervös mit einem Bleistift, den er immer noch wütend in der Mitte zerbrach. Er nahm den Hörer vom Telefon und schnauzte: „Ich will eine Aufstellung aller Euskirchener Autokennzeichen, die in den letzten sechs Monaten gestohlen wurden. Und das sofort!"

Ich lehnte mich gegen die Fensterbank und roch den Schweiß von Kommissar Welsch. Wenn er sich aufregte, schwitzte er aus allen Poren. Ich schnipste ihm eine *Gauloises* mit zwei Fingern und Welsch steckte sie in den Mund.

Der nächste Tobsuchtsanfall war vorbestimmt, denn er zündete versehentlich das falsche Ende an und schmeckte verbrannten Filter. Ich warf ihm die restliche Schachtel auf den Schreibtisch. Nur für den Fall, dass er noch mehr Filterstücke abbrennen wollte. Er sog den Rauch tief in die Lungen und sah mich an. Wir schwiegen einige Augenblicke, bis ein Polizist mit einer Liste in das Büro trat.

„Elf gestohlene Autokennzeichen im Kreis Euskirchen in den letzten sechs Monaten. Eines ist in München aufgetaucht. Wurde bei einem Banküberfall benutzt. Wurde auf einen Audi geschraubt, den man in Unterhaching fand. Ein anderes Kennzeichen wurde für einen Überfall auf eine belgische Bank in Lüttich benutzt. Ein BMW, den die Gauner in der Nähe von Robertville abstellten und abfackelten. Die anderen sind nicht mehr aufgetaucht."

Mein Handy klingelte. Anne meldete sich endlich und war jetzt im Büro. „Ich komme gleich. Bin noch bei unserem Freund Welsch und versorge ihn mit Zigaretten und Informationen."

Welsch deutete eine Ohrfeige an und grinste unmittelbar. Es war unser guter Ton.

Fünftes Kapitel

Auf der Fahrt nach Dedenborn jagte ich den Honda über die alte Panzerstraße von Schleiden nach Herhahn. Wenn ich nachdenken muss, fahre ich am liebsten schnell, und ich kenne die Strecke wie im Schlaf. Ich dachte an Marianne Belder, ehemals Zeyen. Seit der Schulzeit hatte ich sie nie mehr gesprochen und sie war meine erste große, wenn auch unerfüllte Liebe. Ihre Augen hatten mich schon als Teenager fasziniert. Große, traurige Augen. Sie schaute nie an einem Menschen vorbei, sie schaute ihm immer gerade in die Augen.

Ich erinnerte mich, dass sie mit siebzehn Jahren auf dem Rückweg von einer Fete überfallen und in ein Gebüsch gezerrt wurde. Den Vergewaltiger konnte man schnappen, denn er war einer unserer Klassenkameraden. Ich habe keine Regung empfunden, als er sich in der Untersuchungshaft das Leben nahm. Marianne blieb erhobenen Hauptes, wie sie immer gewesen war. Nur das Leuchten in ihren Augen erlosch und der gerade Blick in die Augen anderer wurde selten.

Viele Jungs wussten nicht, wie sie mit einer vergewaltigten Frau umgehen sollten. Angst, ihr zu nahe zu treten, Angst sie mit dummen Witzen zu verletzen? Die ersten Monate nach dieser Tat sah man sie selten. Nur in der Schule. Ich mied sie nicht und verbrachte oft den Nachmittag mit Marianne. Manchmal machten wir auch gemeinsam Schulaufgaben oder lernten für eine Klausur.

„Ich weiß, dass du mich sehr lieb hast", sagte Marianne irgendwann. „Du bist der einzige, der mich auch mal in den Arm nehmen darf."

Das war 23 Jahre her. Es kam mir vor, als sei es gestern gewesen. Es waren noch keine acht Stunden vergangen, ich hatte einen neuen Auftrag, Wehmut nach meiner ersten großen Liebe und musste Anne noch berichten, was heute geschehen war. Anne saß am Schreibtisch und grinste: „Ich habe deine Küche auf Vordermann gebracht, bevor das die Maden tun."

Ich berichtete ihr von dem Mord zwischen Broich und Winzen, vom Besuch von Wolfram Belder und zeigte ihr die Zeitungsberichte über den Überfall auf Marianne. Und ich holte alte Fotoalben aus dem Wohnzimmer und zeigte ihr alte Bilder von Marianne.

Anne war geblieben. Für sie war das Gästezimmer die zweite Heimat, wenn wir bis tief in die Nacht arbeiteten oder redeten. Wir waren nie ein Paar, waren nie miteinander ins Bett gestiegen und wie Bruder und Schwester. Über ihre Liebschaften sprach sie selten. Anne ist ungeheuer attraktiv, sportlich und als Blondine in den Augen vieler Männer Frischfleisch. Sie wissen nicht, auf welche Abfuhr sie sich einlassen, wenn sie Anne mit zu plumper Anmache ankommen.

Sechstes Kapitel

Wolfram Belder rief bereits gegen acht an und ließ das Telefon durchklingeln. Ich schälte mich aus dem Bett.

„Marianne ist gestern in eine Klinik eingewiesen worden. Ihre Depressionen waren immer stärker geworden und gestern ist sie fast durchgedreht, als sie von dem Mord an dem jungen Mädchen hörte."

„Wo ist sie?"

„Der Psychiater hat sie in die Rheinklinik in Bad Honnef eingewiesen. Da gibt es meistens Wartezeiten, aber sie haben sie als Akutfall aufgenommen und ruhiggestellt."

„Ist es eine... eine...?"

„Nein, Alwin, es ist keine Klapsmühle, aber auch das wäre egal, wenn sie Hilfe erhält. Es ist eine psychosomatische Klinik, wo vor allem Trauma-Patienten therapeutisch behandelt und betreut werden. Marianne rief bereits sehr früh an und will sich gegen alles, was geschah, aufbäumen. Sie weiss, dass ich dich beauftragt habe und hat gebeten, dass du vorbeikommst. Sie will mit dir reden. Ich würde mitfahren, aber sprechen möchte sie mit dir allein."

Ich hörte den Jaguar wie einen Tenor brummen und sah, wie Wolfram direkt vor der Tür parkte. Mein Büro lässt einen Blick auf das ruhige Leben auf

Dedenborns Hauptstraße zu. Nur sonntags ist hier der Teufel los, wenn holländische Motorradfahrer durch die Eifel touren. Von Ruhe konnte aber auch jetzt keine Rede mehr sein, denn die Dorfkinder, die gegenüber einen Esel namens Ekkehard streichelten und mit Möhren fütterten, stürmten auf Wolfram zu. Der Sportwagen war eine Attraktion, und die Kleinen wollten alles wissen, wie schnell der Jaguar sei, wie viel Pferdestärken er unter der Haube hat und ob der Motor vorne oder hinten sitzt. Wolfram schien für Augenblicke die Welt zu vergessen und hockte sich zu den Kleinen, die ihn mit Fragen bombardierten.

Anne würde die Stellung halten und mit Welsch in Kontakt bleiben. Sie würde auch mit Christian von der *Rundschau* und Pete vom *Stadt-Anzeiger* in Verbindung bleiben. Die Presse wusste noch nichts von dem weißen Lada Niva. Kommissar Welsch hatte entschieden:

„Nachrichtensperre! Wenn der Mörder oder der Fahrer von der Karre liest, dass wir den Lada suchen, dann verschwindet diese Blechbüchse vermutlich in einem Erdloch!"

Wolfram jagte den Jaguar über die A1 und ließ den Zwölfzylinder mit fast 240 Sachen auf das Kreuz Bliesheim zudreschen. Er war ein sicherer und konzentrierter Fahrer. Sein Tempo erinnerte mich an meinen Alfa Romeo Spider, den ich nach meinem Unfall eingemottet hatte. Der kleine Honda, 13 Jahre alt und mit 75 PS wesentlich bescheidener, tat auch seinen Dienst.

Wir redeten wenig und Wolfram wurde erst gesprächig, als er vor Godorf auf die Autobahn Richtung Bonn abbog.

„Du warst in Marianne verliebt, und ich weiß, dass du sehr behutsam und einer der wenigen Freunde geblieben bist, nachdem sie damals das erste Mal missbraucht worden ist. Aber warum habt ihr euch aus den Augen verloren?"

Ich dachte einen Augenblick nach und fand Wolframs Offenheit angenehm. Er schien mir, dem Mann zu vertrauen, der vor rund 20 Jahren gerne an seiner Stelle mit Marianne vor den Traualtar getreten wäre.

„Ich habe es irgendwann nicht mehr ertragen, nur der 'gute Freund' zu sein. Der Leidensdruck wurde immer größer, und wir haben uns aus den Augen verloren, als ich neunzehn war. Die Freundschaft schlief sanft ein. Da war kein Streit und kein Stress, und ich hörte irgendwann, dass sie dich kennen gelernt hat. Ich habe mich sogar hinter ein paar Autos versteckt, um zu schauen, wie ihr später aus dem Standesamt in Schleiden herausgekommen seid. Ich hatte Krokodilstränen in den Augen."

Wolfram schwieg einen Moment. „Weißt du, einfach war es nie. Marianne hatte immer, na ja, Probleme mit Sex. Die Vergewaltigung mit siebzehn hatte sie gegenüber Männern vorsichtig gemacht. Sie... sie konnte sich nur schwer hingeben. Aber ich habe sie geliebt, wie es in der Kirche heißt, in guten und in schweren Zeiten. Du wirst nicht wissen, dass sie zwei Fehlgeburten hatte. Als unser Sohn vor drei Jahren geboren wurde, taute Marianne auf und verlangte mehr von mir. Mehr Zeit miteinander, und daran wäre unsere Ehe fast gescheitert, weil sie sich allein gelassen fühlte. Nachdem der Kleine geboren wurde, begann unsere Ehe eigentlich richtig. Und ich liebe sie immer noch wie am ersten Tag."

Wir fuhren die Autobahn Richtung Siegburg, um uns dann auf die Spur nach Königswinter einzuordnen. Wolfram nahm Gas weg und steuerte durch die drei Tunnel Richtung Bad Honnef. Wir stellten den Jaguar auf dem Parkplatz an der Luisenstraße ab.

Die Rheinklinik war gegenüber von dem Parkplatz. Das Gebäude mochte 30 Jahre alt sein und wirkte freundlich. Bad Honnef, die kleine Stadt mit vielen wohlhabenden Bürgern, gefiel mir. Wolfram hatte seine Frau aus dem Auto angerufen, und Marianne kam zögernd auf uns zu. Sie wankte leicht wie jemand, der ein Bier zuviel getrunken hat. Ich war sicher, es waren die Beruhigungsmittel.

Wolfram umarmte und küsste sein Frau zärtlich. Der kleine Max sei bei ihrer jüngsten Schwester Marlene, sagte er, und dass er uns beide jetzt alleine lassen würde.

Ich hatte mich ein paar Schritte im Hintergrund gehalten. Marianne kam auf mich zu und gab mir die Hand. Sie lächelte plötzlich, und ich sah ein Strahlen in ihren Augen. „Lass dich umarmen, lieber Alwin. So viele Jahre sind vergangen, und du hast immer noch keinen vernünftigen Haarschnitt."

Wir spazierten nach Bad Honnef und setzten uns auf die Terrasse vom *Café Nottebrock*. Wir bestellten Milchkaffee und lächelten einander an. Ich saß wie auf heißen Kohlen und vergaß für Augenblicke den Grund meines Besuches. Ich fühlte mich wieder wie mit siebzehn. Verliebt und nervös. Wir sprachen über belanglose Dinge und über die Dinge, die ich in den letzten Jahren getrieben hatte. Sie wusste von meinem Job, denn Anne und ich inserierten regelmäßig in den kostenlosen Wochenblättern der Nordeifel.

„Ich habe nichts gegen die Polizei und sie haben mich nach dem Überfall gut behandelt", begann Marianne das Thema, das ihr Leben vor vier Wochen veränderte. „Aber ich habe Wolfram zugestimmt, dich zu engagieren, weil du als Privatdetektiv auch vielleicht Wege gehen kannst, wo der Polizei die Hände gebunden sind."

„Welsch hat damals das Protokoll aufgenommen, wie ich weiß. Er hat zwar das Auftreten von einem Nilpferd, aber er ist eine Superbulle."

„Ja, Herr Welsch war sehr behutsam und hat eine weibliche Kollegin hinzugezogen, die extra aus Euskirchen kam. Er hat drei Töchter und ist vielleicht auch deshalb nicht durch seinen Job abgestumpft."

Ich nahm die Berichte und das Phantombild des Mannes aus meiner Jackentasche.

„Ich habe eine Menge Informationen, aber vielleicht entdecken wir noch etwas, dass den Polizeibeamten nicht aufgefallen ist. Ich habe aus den Akten verstanden, dass du den Mann weder gesehen oder gehört hast. Du hast ihn erst entdeckt, nachdem er dir diesen Stein an den Kopf geworfen hat. Richtig?"

„Ja, so war das. Mir war erst schwindlig und ich fühlte das Blut an den Händen. Es lief mir in die Augen. Die Platzwunde musste genäht werden." Marianne zeigte auf eine Narbe an der Stirn. Sie war sauber genäht worden und würde gut verheilen.

„Trotzdem interessieren mich noch einige Umstände. Du sagst, dass er zu Fuß war. Um diese Uhrzeit trifft man höchstens Jogger und noch keine Wanderer. Kannst du dich an ein Auto oder an ein Motorrad erinnern? Der Typ wird weder aus Hammer oder Dedenborn sein, denn dann hätte man ihn längst gefasst."

Marianne schloss die Augen und konzentrierte sich. Ihre Mundwinkel zuckten leicht. Ich störte sie nicht und ließ sie nachdenken. Sie redete bedächtig, die Augen immer noch geschlossen.

„Wenn du aus Richtung Dedenborn nach Hammer fährst, gibt es rechts so eine Art Jugendcamp oder so etwas ähnliches. Ein paar hundert Meter weiter ist ein Parkplatz und eine kleine Brücke, die über ein Bächlein führt. Gegenüber der Straße ist so etwas wie eine andere Parkmöglichkeit. Das kann man von meiner Laufstrecke einsehen. Und da stand ein weißes Auto, ziemlich verrostet, irgendeine kantige Karre. Der Wagen ist mir auch schon vorher aufgefallen, weil morgens eigentlich nie jemand da parkt."

Ich griff in meine andere Jackentasche und legte ein Foto von einem Lada Niva auf den Tisch. Das Internet macht alles möglich.

„Ja, so ein Auto könnte es gewesen sein. Aber nicht rot wie auf dem Bild, sondern eben weiß mit großen Rostflecken."

Das musste Kommissar Welsch sofort erfahren. Ich nahm mein Handy und rief ihn an. Danach rief ich Wolfram an, der es sich in der Eisdiele in der Fußgängerzone gemütlich gemacht hatte. Er spazierte los und war 10 Minuten später bei uns. Wir gingen zur Klinik zurück, und ich verabschiedete mich von Marianne. Ich versprach, sie in den nächsten Tagen zu besuchen und ging zum Jaguar, um Wolfram und meine alte und neue große Liebe ein paar Minuten alleine zu lassen. Ich ließ mir nichts anmerken, als Wolfram in schweren Schritten auf den Parkplatz kam. Er warf mir die Autoschlüssel zu.

„Fahr' du, bitte. Ich glaube, ich würde jetzt einen Unfall bauen. Sorry, ich bin vollkommen aufgewühlt."

Ich auch, dachte ich, *ich auch*. Marianne wühlte mich auf.

Siebtes Kapitel

Ich mache Fehler. Und mein Fehler konnte den Erfolg der Suche nach dem Lada und dem Mörder in Frage stellen. Es war eine unruhige Nacht gewesen, Anne hatte mir einen Zettel hinterlassen, dass sie in ihre Wohnung nach Gemünd fährt. Und dass Pete und Christian bitten, dass ich sie zurückrufe. Das *Grenz-Echo* aus dem belgischen Eupen hatte auch eine Nachricht hinterlassen. Pierre Marx arbeitete für das Blatt als freier Journalist und war ein alter Freund. Er kannte auch Christian gut und wusste vermutlich von ihm, dass ich in den Mord und die Vergewaltigungen als Privatdetektiv eingeschaltet worden war.

Zunächst holte mich mein Fehler von vorgestern Abend ein. Welsch rief an und brüllte: „Woher wissen die Pressefritzen von dem Lada? Hast du schon Zeitung gelesen, du verdammter Bastard? Ich hab' den Hermes von der *Rundschau* schon zusammengeschissen. Deine ‚Dingsda', diese Anne, hat es ihm wohl erzählt, dass wir einen weißen Lada Niva suchen!"

Es war mein Fehler. Ich hatte Anne von den Geschehnissen erzählt, von dem Lada berichtet und nicht erwähnt, dass es eine Nachrichtensperre gibt. Ein fataler Fehler, der Folgen haben könnte.

Ich rief Pierre Marx vom *Grenz-Echo* nicht aus dem Büro an, ich fuhr direkt nach Eupen, um Dampf abzulassen und meldete mich bei ihm kurz per

Handy. Der kleine Civic hatte keinen Drehzahlmesser, und ich konnte nur ahnen, dass ich jeden Gang überdrehte.

Vor Monschau bog ich Richtung Mützenich ab und zwang mich, brav Tempo 50 in dem kleinen Ort einzuhalten. Die Grenze überschreiten ist kein Problem. Zöllner gibt es nicht mehr und nur ein Schild „Willkommen in Belgien". Die Straße von Mützenich bis Eupen hat seit Hitlers Übergriffen auf das Nachbarland vermutlich nie mehr ein Straßenkommando gesehen, denn es holpert rund 20 Kilometer, bis der Ortseingang von Eupen winkt. Die kleine Stadt hat rund 17.500 Einwohner und ist so etwas wie die Hauptstadt der deutschsprachigen Belgier. Die einzige deutschsprachige Tageszeitung ist das *Grenz-Echo* und Pierre Marx erwartete mich in einem kleinen Café am Rathausplatz. Ich bestellte mir einen Kaffee und einen *Croque Monsieur*. Nach dem „Einlauf" von Welsch hatte ich mir ein kleines Frühstück verdient.

Pierre sieht aus wie George Clooney, und es ist eine Qual mit ihm irgendwo zu sitzen und in Ruhe zu reden. Es ist seit 20 Jahren so: sitze ich irgendwo mit Pierre in der Öffentlichkeit, schauen tausend Frauen an mir vorbei und ihm tief in die Augen. Schade für die Damenwelt, dass Pierre schwul ist. Aus seiner Neigung machte er nie einen Hehl und hat auch schon dem einen oder anderen Schwulenhasser die Ohren langgezogen.

„Ich verfolge die Story bei dir in der Eifel", begann

Pierre.

„Und gleich wirst du dich wundern, dass ich ein paar Informationen für dich habe. Meine Informationsquelle hat zwei lange Beine, einen Arsch wie Kylie Minogue und arbeitet als Prostituierte in Aachen. Aber sie ist Belgierin und hört auf den schönen Namen Sandrine. Die Madame taucht gleich auf, denn sie hat ihren freien Tag und ein paar Informationen zu dem Phantombild von dem Typ, den du suchst."

Mein *Croque Monsieur* schmeckte wunderbar. Ich bestellte noch einen, als ‚Madame' auftauchte. Prostituierte hatte ich mehr als einmal gesehen und gesprochen, wenn ich für Aufträge unterwegs war. Sandrine sah „privat" weder nuttenhaft noch billig aus. Ich habe eh nichts gegen Prostituierte. Es ist ein Job, und ich fand Sandrine einfach nett. Küsschen rechts und links für Pierre, und ich bekam einen feuchten Händedruck. Sie lächelte und bestellte sich einen Pfefferminztee. Die angebotene Zigarette wies sie freundlich zurück. „Rauchen ist schlecht für die Haut."

Sandrine zwinkerte freundlich. Ich zwinkerte noch freundlicher und gab ihr meine Visitenkarte.

„Pierre meint, Sie haben kein Problem mit Nutten. Oder darf ich 'du' sagen? Du hast kein Problem mit Schwulen, kein Problem mit Nutten und Pierre erzählt dauernd von dir als guten Freund."

Ich lächelte verlegen. Pierre liebte mich wie einen Bruder. Es ist viele Jahre her, dass er antestete, ob ich vielleicht etwas mit ihm anfangen würde. Dass ich nur auf Frauen stehe, nahm er hin. Er ist mittlerweile glücklich mit einem anderen Mann seit ein paar Jahren zusammen und zugleich sind wir beste Freunde. Sandrine hatte etwas zu erzählen.

„Ich kaufe keine Zeitungen. Selten jedenfalls. Aber ich habe viele Kontakte nach Schleiden und Gemünd. Also gehe ich oft in das Internet und lese online bei der *Rundschau* und dem *Stadt-Anzeiger*, was da Sache ist." Sandrine machte eine kleine Pause und nippte an ihrem Pfefferminztee. Ich sah sie gespannt an.

„Ich habe das Phantombild von diesem Vergewaltiger gesehen und den Typ getroffen. Vor zirka vier Monaten."

Ich verschluckte mich fast. Ein Bissen vom *Croque Monsieur* wollte wieder ans Tageslicht, aber ich spülte schnell mit dem Sandrine's Pfefferminztee nach und bestellte ihr einen neuen. Ich sprach nicht, ich schaute sie nur gespannt an. Pierre grinste. Er kannte vermutlich schon Details.

„Der Typ auf dem Phantombild wollte vögeln. Nicht mit mir. Ihm gefiel eine spanische Kollegin besser. Wir teilen uns im Antoniusgäßchen in Aachen denselben Eingang. Du musst wissen, dass wir Mädchen immer ein Ohr offen haben, wenn eine Kollegin mit einem Typ auf das Zimmer geht."

Ich sah sie an und nickte nur. Mit vollem Mund spricht man nicht, und es war noch zu früh, sie mit Fragen zu unterbrechen.

„Die beiden waren höchstens vier oder fünf Minuten auf dem Zimmer, als ich ein furchtbares Geschrei hörte. Angela, das ist meine Kollegin, brüllte am wie Spies. Ich bin dann ins Zimmer und habe zwei Jungs mitgenommen, die immer ein Auge auf das Geschehen haben. Der Typ wollte sie vögeln, hat auch für die Nummer mit Angela bezahlt, aber er hatte sich den Gummi abgestreift. Aber ohne Kondom läuft bei uns nichts."

„Was ist dann passiert?" fragte ich die hübsche Sandrine.

„Die zwei Jungs haben ihn gepackt und rausgeworfen. Nackt! Und seine Klamotten hinterher. Er sprach mittelmäßiges Deutsch. Vielleicht ein Russe oder Pole. Aber draußen wartete ein anderer Typ auf ihn. Das war sicher ein Deutscher und beschimpfte ihn als 'du verdammter Idiot'. Und da klang rheinischer oder Eifeler Dialekt durch."

Ich wusste genug. Sandrine war gesprächig und gut gelaunt. Ich zeigte ihr nochmals das Phantombild. Sie nickte klar und deutlich. „Das ist er. Kein Zweifel! Diese hässliche Visage werde ich nie vergessen."

Ich lenkte meinen geschundenen Honda noch zum *Carrefour* und erledigte ein paar Einkäufe. Fleisch, Fisch, belgischen Kaffee und belgische Pralinen. Das

Gemüse ließ ich links liegen. So etwas wird bei mir welk oder landet im Maul von Ekkehard, dem schönen Grauesel auf der Wiese gegenüber meines Hauses.

Mein Weg führte mich von Eupen zurück nach Mützenich. Ich nahm die Route nach Höfen, fuhr durch Schöneseifen und traf in Schleiden ein. Der neue Kreisverkehr im Herzen von Schleiden war noch gewöhnungsbedürftig. Ich bog links ab und fuhr zur Polizeistation. Welsch war nicht da. Ich hinterließ ihm eine Nachricht, dass unser Vergewaltiger und Mörder in Aachen von Prostituierten ohne Hosen auf die Straße geworfen worden war.

Ich gönnte mir einen freien Nachmittag und fuhr nach Bad Honnef, um Marianne zu besuchen.

Achtes Kapitel

Zuvor hatte ich Wolfram angerufen. Mir war nicht wohl, denn schließlich waren die beiden verheiratet und Wolfram ahnte nicht, dass meine alten Gefühle wieder entflammt waren. Ich wollte nur die Sicherheit, dass es in Ordnung sei, sie zu besuchen. Ich redete mich nicht mit meinen Ermittlungen heraus und wollte sie nur gerne sehen.

„Du bist der einzige Mensch, der ihr Vertrauen hat. Fahr' ruhig zu ihr, aber komme doch bitte kurz bei mir vorbei. Ich habe noch eine Tasche mit Klamotten, nach denen sie gefragt hat. Morgen fahren Max und ich sie besuchen. Der Kleine ist traurig, und ich fahre heute mit ihm ins Wildfreigehege Hellenthal."

Marianne und ich saßen im *Rheincafé* auf der Halbinsel Grafenwerth, zehn Gehminuten von der Rheinklinik entfernt. Es war himmlisch gewesen, neben ihr durch die gute Luft zu spazieren, die uns durch die Haare wirbelte. Es war mild und Marianne trug ein buntes Sommerkleid, das sie noch zierlicher wirken ließ.

Wir waren uns nicht einig, ob wir uns gegenüber oder seitlich voneinander setzen sollten. Sie lächelte und setzte sich links von mir hin. Das *Rheincafé* hatte eine noble und zugleich schlichte Atmosphäre. Die Stühle aus Korbgeflecht passten in das südländische Ambiente.

„Ich mag deine Nähe", sagte sie und lachte laut auf.

„Alwin, du läufst ja rot an!"

Marianne erzählte von der Klinik, erzählte, dass sie sich wohler als zu Hause fühlte. „Dort bin ich nie allein, ich fühle mich sicher und da sind liebe Menschen", sagte sie.

Ich hörte mehr zu, als dass ich sprach. Marianne erzählte von den Medikamenten, die sie nahm. *Zopiclon*, um überhaupt einschlafen zu können, *Atosil* gegen ihre depressiven Stimmungen. Dann gab es noch einen Doktor Albrecht, der sie mehrmals täglich nach ihrem Wohlbefinden fragte. Und dann weinte sie.

„Nachdem, was vor vier Wochen passiert ist", begann Marianne, „haben mein Vater und mein Schwiegervater mich beschimpft. Dass ich selbst schuld sei. Es sei meine eigene Schuld, wenn ich alleine durch den Wald laufe."

Ihr Schluchzen wurde stärker, bis es ein Wimmern wurde. Marianne weinte kurzatmig und ihre Nase lief. Ich gab ihr ein *Tempo* und hatte selbst Tränen in den Augen. Ich war nie „hart".

„Dein Vater und der Schwiegerpapa erzählen Unfug. Es wird immer wieder versucht, das Opfer zum Mittäter zu machen. Zu kurzer Rock, enge Jeans und eben diese abgehalfterten Sprüche, dass eine Frau nicht alleine durch den Wald laufen darf."

„Lass' uns über etwas Anderes reden", antwortete

Marianne. „Du kennst unseren Sohn Max noch nicht. Den Kleinen musst du kennen lernen, wenn ich wieder aus der Klinik entlassen bin. Er ist mein Ein und Alles."

Ich zahlte und spazierte mit Marianne zur *Rheinklinik* zurück. Sie zeigte mir ihr Zimmer auf der Station 2 und stellte mich ihrer Mitbewohnerin, Sabrina, vor. Beide hatten aus dem weißgetünchten Zimmer ein kleines Wohnparadies geschaffen. Blumen standen auf den Tischen der beiden, Plüschtiere hatten das ordentlich gemachte Bett von Sabrina erobert, Marianne hatte Fotos von Wolfram und Max an ihre Pinwand gehangen. Es ging auf 17:45 Uhr zu. Zeit für das Abendessen in der Klinik.

Nachdem ich mich von Marianne verabschiedet hatte und vom Parkplatz fuhr, wählte ich Wolframs Handynummer. Er nahm nach dem zweiten Klingeln ab.

„Wolfram, hier ist Alwin. Ich bin gerade auf dem Weg zurück nach Dedenborn. Ich glaube, es wäre gut, wenn du Marianne heute noch besuchst und euren kleinen Max mitbringst. Das Kind ist besser als jedes Medikament."

„Ich werde kommen", antwortete Wolfram. „Und halte mich bitte auf dem Laufenden."

Neuntes Kapitel

Es ging auf 23 Uhr zu, und ich saß in meinem Büro. Die drei Flanellhemden, die ich bei *All you can wear* gekauft hatte, lagen vor mir. Ich packte sie aus und stach mich an den Nadeln, die die Hemden zusammenhielten.

Wer in Teufels Namen kauft gleich zwanzig so hässliche Hemden, fragte ich mich. Gegenüber röhrte der Esel Ekkehard. Sicher konnte er in mein Büro hineinschauen und verlangte die Reste aus meinem Kühlschrank. *Keine Zeit, Ekkehard*, dachte ich und faltete das erste Hemd auseinander. Die Länge erstaunte mich. Als ich es überstreifte, ging mir das Hemd fast bis zu den Knien. Natürlich! Das war es! Das waren Arbeitshemden, billig und einfach zu pflegen. Wer so ein Hemd trug, interessierte sich nicht für gutes oder schlechtes Aussehen. Das war die Art Arbeitshemd, wie Landwirte oder Männer am Bau trugen.

Fast zeitgleich klingelten mein Telefon und das Handy. Ich erkannte Wolframs Nummer im Handydisplay und sagte kurz: „Warte bitte einen Augenblick", und drückte den Freisprecher vom Festnetzapparat.

„Christian hier", hörte ich meinen Freund von der *Rundschau* sagen. „Ich komme gerade von einem Termin der Schleidener CDU und wollte noch einen Artikel schreiben. Und ich habe einen weißen Lada Niva gesehen, der Richtung Müsgesauel in Gemünd abgebogen ist. Da wo der Friedhof ist."

Mein Puls schlug schneller. „Bist du noch in der Redaktion? Wie lange ist das her?"

„Ja, ich bin noch in der Redaktion. Den Lada habe ich vor wenigen Minuten gesehen", meinte Christian.

„Aber ich möchte wissen, was es mit dem Lada auf sich hat. Wenn es dieses Arschloch von Mörder ist, dann könnte er wieder jemandem auflauern, der über den Waldweg parallel zur B265 und dem Müsgesauel heimgeht. Das ganze Junggemüse läuft da oft lang, wenn die aus Gemünd in Richtung Nierfeld wollen."

„Warte an der Kirche auf mich und mach' nichts auf eigene Faust. Ich komme!"

Ich nahm das Handy, das ich auf den Schreibtisch gelegt hatte. Wolfram war nicht mehr dran. Verdammt! Er musste das Gespräch mit Christian mitgehört haben. Er wohnte in der Tränkelbachstrasse, nur wenige hundert Meter vom Müsgesauel. Ich rief seine Nummer an, aber das Handy war abgeschaltet. Auch auf dem Festnetz antwortete kein Wolfram, nur der Anrufbeantworter mit Mariannes sanfter Stimme sprach: „Bitte hinterlassen Sie eine Nachricht und Ihre Telefonnummer."

Ich schnappte meine Lederjacke und sprang in den Civic, den ich durch die dunklen Straßen von

Dedenborn jagte. Wenn Wolfram eine Sicherung durchgegangen war und er einen Alleingang wagte, hieß das Alarmstufe 1.

Das Funkloch zwischen Einruhr und Vogelsang gab mir keine Chance, Kommissar Welsch zu erreichen. Ich jagte mit über 160 Sachen über die Kuppe von Vogelsang Richtung Morsbach. Erst jetzt hatte ich wieder Empfang.

„Verdammt, Welsch! Wir haben vielleicht den Lada. Hermes von der *Rundschau* hat gesehen, wie ein weißer Lada Niva in den Müsgesauel in Gemünd abgebogen ist. Und Wolfram Belder hat das Gespräch mitgehört. Ich erreiche ihn seitdem nicht mehr."

„Ich komme!" schnaubte Welsch. „Ich lasse alle Hauptstraßen aus Gemünd absperren. Halt' du dich raus. Das kann gefährlich werden."

Den letzten Satz überhörte ich und schoss die Straße hinter Morsbach und Herhahn hinab. Ich sah das Eingangsschild von Gemünd. Die langgezogene Kurve trug mich fast hinaus. Nach zweihundert Metern sah ich die katholische Kirche an der Gemünder Kreuzung. Christian stand dort und sprang auf den Beifahrersitz. Um seinen Hals baumelte eine Nikon.

Ich bog rechts in Richtung Schleiden ab und gleich wieder links in die gleichnamige Schleidener Straße.

„Wir stellen den Wagen auf der anderen Seite der Hauptstraße ab und laufen über die B265 und über den Friedhof zum Müsgesauel. Schau mal ins Handschuhfach. Da liegt eine Gaspistole."

Christian gab sie mir. Es waren höchstens 25 Minuten seit seinem Anruf vergangen. Wir liefen über die B265 und überquerten die kleine Holzbrücke, die über die Olef führte. Der Friedhof lag vor uns. Ich hatte mich an die Dunkelheit gewöhnt, und das Restlicht des Mondes verriet auf der anderen Seite des Friedhofs die Silhouette eines hellen Autos.

Ich gab Christian ein Zeichen, sich zu ducken und wir schlichen über den Friedhof. Er blieb hinter mir und wir vermieden, über den Weg zu laufen, der zum anderen Eingang des Friedhofs führte. Christian schlich hinter mir von einem Grabstein zum anderen. Das Gras zwischen den Gräbern schluckte alle Geräusche. Ich sah ihn zuerst. Ein zusammengekrümmter Körper lag vor dem Lada Niva. Die Person stöhnte leise und ich war mir sicher, dass es Wolfram war. Meine Taschenlampe flammte auf, und ich sah nur 20 Meter entfernt Wolfram in einer Blutlache.

„Ruf Welsch an. Er muss jeden Augenblick hier sein. Und sprich so laut wie möglich. Welsch soll einen Notarzt herschicken!" Christian zückte sein Handy.

Ich vergaß jede Vorsicht und hörte in der Ferne bereits Polizeisirenen, als ich zu Wolfram lief. Er lag mit schmerzverzerrtem Gesicht neben der offenen

Fahrertür des Lada.

Wolfram blinzelte. Eine große Wunde klaffte an seinem linken Ohr. Er musste mit enormer Wucht niedergeschlagen worden sein. Das Ohr hing unnatürlich hinab und Blut sickerte auf den Boden. Er blutete auch aus der Nase und sah mich gläsrig an. Ich nahm seine Hand und legte mein Ohr an seinen Mund.
„Ich habe ihn gesehen", hauchte er. „Es war der Mann auf dem Phan... Phantombild."

Die Taschenlampe lag so auf dem Boden, dass sie Wolframs Körper anleuchtete. Er schloss die Augen und röchelte. Seine Worte verstand ich kaum noch.

„...war nicht abgeschlossen ... Schloss zerbröselt."

Der erste Polizei-Passat jagte auf uns zu und Christian lief zu den zwei Beamten, die mit gezogenen Waffen ausstiegen.

„Wo ist Max? Wolfram, wo ist Max?" fragte ich leise. Wolfram öffnete die Augen. Er musste wahnsinnige Schmerzen haben. Das Gesicht war geschwollen und blutverschmiert.

„Bei der Oma, bei Oma", stammelte er. Sein flacher Atem verschwand ganz. Wolframs Augen starrten mich an. Er war tot. Die beiden Polizisten wussten Bescheid. Welsch musste auch jeden Moment eintreffen. Der Polizeiwagen beleuchtete die unheimliche Szene. Ich wagte einen Blick in den

Lada. Das also meinte Wolfram mit dem zerbröselten Schloss. Er hatte einen Schraubendreher in das Zündschloss gerammt und komplett verbogen.

Seinen Mut hatte er mit dem Leben bezahlt.

Der Polizist, der sich mit *Manthey* vorstellte, fragte: „Was nur wollte der Mörder hier?" Sein jüngerer Kollege stand abseits und erbrach sich. Der Anblick von Wolframs zertrümmertem Schädel hatte ihm den Rest gegeben. Christian stand am Friedhofstor. Auch er übergab sich.

„Sie müssen den Feldweg oberhalb vom Müsgesauel absuchen. Ich schätze, der Mörder hat wieder ein Opfer gesucht. Die jungen Leute laufen hier meist nach Hause!"

Welsch jagte mit seinem BMW in den Wendehammer, wo der Lada stand. Dicht hinter ihm folgte der RTW und ein weiterer BMW mit der Aufschrift *Notarzt*.

Manthey lief auf Welsch zu und berichtete. Zwei andere Polizeiwagen trafen ein. „Wir müssen sofort den Feldweg absuchen! Vielleicht gibt es noch ein Opfer", hörte ich Welsch brüllen.

Zwei der Polizisten nahmen ihre Taschenlampen und leuchteten in den Feldweg. Bald verschwanden sie aus meinem Blickfeld. Nur der tanzende Schein der Taschenlampen verriet sie.

Welsch betrachtete die Szene und wischte sich den Schweiß von der Stirn. Seine fehlende Krawatte verriet, dass er nicht im Dienst war und ich ihm mit meinem Anruf den Feierabend versaut hatte. Er schrie seine Anweisungen und die Polizeibeamten funkten nach weiteren Kollegen, die den Tatort sichern und untersuchen sollten.

Müde blickte Welsch mich an: „Ich habe eine Schlaftablette genommen und gehofft, noch mal eine Nacht durchschlafen zu können."

Der tanzende Lichtschein der Taschenlampen der beiden Polizisten, die den Feldweg absuchten, blieb stehen. Sie mochten 200 Meter von uns entfernt sein. Das Licht drehte sich und die hellen Punkte steuerten wieder auf uns zu.

„Wir haben ein Mädchen gefunden!" schrie einer der beiden Polizisten und tauchte mit seinem Kollegen wieder auf. Er stolperte mit einem Bündel und stürzte fast. Im Scheinwerfer der Polizeifahrzeuge sahen wir den Polizisten mit einem jungen Mädchen, das er trug. Sechszehn, vielleicht siebzehn, schätze ich. Ihre Bluse war zerrissen, der Gürtel ihrer Jeans geöffnet. Ein Schuh fehlte. Der Arm, der schlaff hinabgehangen hatte, griff nach dem Polizisten. Es kam wieder Leben in die junge Frau. Plötzlich schrie sie hysterisch und krallte sich in das Gesicht des Polizisten. Sie strampelte wie wild und beide stürzten.

Welsch gab einer jungen Polizistin ein Zeichen. Sie

lief zu dem Mädchen und sprach sanft auf sie ein. Verängstigt blickt sie die junge Beamtin an. Ihre Angst übermannte sie und ihre Blase gab nach. Ihre Jeans färbte ich dunkel. Ein Sanitäter lief zu der jungen Frau und legte eine Decke um ihre Schultern.

Der Kommissar blickte mich in Gedanken versunken an: „Der Tod von Wolfram Belder ist tragisch. Er muss den Kerl gestört haben. Es hat ihn das Leben gekostet und die junge Frau vermutlich gerettet."

Zehntes Kapitel

Welsch hatte mich für den nächsten Morgen gleich um sieben bestellt. Wir saßen in seinem Büro. Er sah übernächtigt aus, war aber rasiert und frisch geduscht. Ich hatte kein Auge zugemacht und auf das Rasieren verzichtet. Eine Nassrasur kam nicht in Frage, denn meine Hände zitterten von der Anspannung der letzten Stunden.

„Der Schleidener Bürgermeister ist am frühen Morgen noch am Tatort aufgetaucht", begann Welsch. „Und kurz danach gab sich auch noch der Landrat die Ehre." Er schnaufte. „Das Projekt 'Nationalpark Eifel' leidet bereits unter den Morden und Vergewaltigungen in der Schleidener und Simmerather Umgebung. Die Politiker und Geschäftsleute machen sich Sorge, und einige Investoren haben ihre Gelder eingefroren."

„Das war zu befürchten. Die Todesangst in der Nordeifel nimmt mit jedem Überfall und jedem Mord zu."

„Weil das belgische Militär das Camp Vogelsang in wenigen Monaten aufgibt, ist bereits die Rede von einer sich positiv entwickelnden Gastronomie, die Hotelbesitzer hoffen auf eine bessere Auslastung, und es sind viele Arbeitsplätze im Gespräch, die der Nationalpark schaffen soll."

Vogelsang, das Prachtstück unter den Kasernen der früheren deutschen Wehrmacht, wurde nach dem zweiten Weltkrieg von den Briten übernommen und Jahre später den Belgiern überlassen. Das gigantische Gelände galt als idealer Truppenübungsplatz. Verschiedene Truppenverbände hatten sich dort auf ihre Einsätze im ehemaligen Jugoslawien vorbereitet. Das Gelände galt als ideal, um den Straßenkampf oder Schlachten auf dem offenen Feld zu simulieren. Die Aufgabe des Truppenübungsplatzes und die Flora und Fauna mit seltenen Pflanzen und Tieren, weckte die Neugier von Naturliebhabern, ebenso wie das Interesse von potenten Investoren.

Ich zündete mir einen Glimmstengel an, Welsch paffte eine eher seltene *Nil*. Es brannte mir auf den Nägeln, meine nächtlichen Gedanken zu platzieren: „Der Mörder liest vermutlich keine Zeitung. Oder er haust nicht im Schleidener Tal und im Kreis Euskirchen, sondern hinter dem 'Bretterzaun'."

„Bretterzaun?"

„So nennen viele Gemünder oder Schleidener die Grenze zwischen dem Kreis Euskirchen und dem Kreis Aachen. Kurz hinter Vogelsang beginnt der Kreis Aachen und die Gemeinde Simmerath."

„Was hat das denn mit den Zeitungen zu tun?" Welsch schnaubte wieder und aschte sich auf seine Krawatte.

„Es ist eine Theorie. Die Presse sollte eigentlich nichts von dem Lada Niva wissen, aber es ist zu

Pete Becker und Christian Hermes durchgesickert. Die *Rundschau* und der *Stadt-Anzeiger* werden im Kreis Aachen im Grunde nicht gelesen. Da greifen Aachener Tageszeitungen, und die hatten die Information über den Lada nicht. Meine Idee ist, dass der Mörder nicht wusste, dass wir seinen weißen Lada suchen. Falls er seinen Unterschlupf hinter dem 'Bretterzaun' hat, wusste er es nicht und schlug wieder zu. Oder er ist saublöde."

„Abwegig ist das nicht, dass er keine Zeitungen liest", überlegte Welsch und versuchte, die Asche von seiner geblümten Krawatte mit ein wenig Speichel zu entfernen. Das eingebrannte Loch würde er nicht mehr loswerden.

„Das Mädchen von heute Nacht heißt übrigens Tatjana Gentges. Sie wohnt in Nierfeld und liegt jetzt im Schleidener Krankenhaus. Wir können frühestens heute Nachmittag mit ihr sprechen. Eine Kollegin wird das übernehmen."

„Was ist mit Marianne Belder?"

„Sie weiß noch nichts vom Tod ihres Mannes, aber ich habe in der Nacht noch mit einer Krankenschwester und heute früh mit dem Stationsarzt gesprochen. Man erwartet uns gegen elf Uhr. Ein Doktor Albrecht wird gemeinsam mit uns die Nachricht übermitteln. Und ich nehme dich mit, weil du ihr nahe stehst."

„Die Familien?"

„Wir haben die Eltern von Wolfram Belder bereits informiert, ebenfalls die Eltern von Marianne Belder. Wir haben sie gebeten, Marianne in Ruhe zu lassen, bis wir mit ihr gesprochen haben. Um den kleinen Max kümmert sich ein Kinderpsychologe."

Es klopfte. Pete und Christian traten ein und grüßten kurz.

„Ich habe die zwei Herren ebenfalls bestellt", begann Welsch. „Nachdem die Information über den weißen Lada durchsickerte, möchte ich mich mit Ihnen, meine Herren, möglichst optimal abstimmen."

„Oder wollen Sie Zensur treiben?" fragte Pete. „Das würde dem *Stadt-Anzeiger* nicht gefallen."

Welsch sah ihn kurz an. „Nein, keine Zensur. Blödsinn! Sie und Ihr Kollege Hermes können uns helfen, den Täter in die Enge zu treiben. Ein paar Schreiberlinge aus der Aachener Region dürften auch gleich auftauchen."

Zwei Journalisten, die ich nicht kannte, trafen wenige Minuten später ein. Welschs Kollege Breinig erwartete uns im Konferenzraum der Polizeistation.

„Meine Herren", begann Welsch. „Wir hoffen, dass wir mit Ihrer Hilfe den Täter, der diese Nacht wieder zuschlug, dingfest machen werden. Der Lada wird noch untersucht, aber ich kann Ihnen zumindest schon einiges über die ersten Spuren berichten.

Einige Gegenstände, die wir im Kofferraum gefunden haben, liegen hier."

Welsch machte eine ausladende Bewegung und zeigte auf zwei zusammengerückte Tische an der Wand. „Wir haben drei getragene Hemden mit dem Etikett *Masso Giotto* auf der Rücksitzbank des Lada gefunden. Wir gehen davon aus, dass sie aus einem Euskirchener Geschäft stammen."

Welsch machte eine Denkpause.

„Ferner haben wir einige Werkzeuge in dem Lada gefunden. Es ist typisches Maurerwerkzeug. Wir haben auch zwei Paar Arbeitsschuhe mit Stahlkappen entdeckt, Größe 43 und arg verschlissen."

„Dürfen wir Fotos machen?" unterbrach einer der Aachener Journalisten.

„Ich bitte sogar darum." Die Journalisten zückten ihre Kameras.

„Wir haben ferner mehrere Zigarettenstummel gefunden. Diese werden zurzeit auf genetische Spuren analysiert. Auffällig ist, dass einige Filter Spuren von Lippenstift zeigen. Wir wissen zumindest, dass die mutmaßliche Raucherin *Marlboro* und eine eher seltene Sorte namens *Peter Heinrichs* geraucht hat."

„Wieso muss es eine Frau sein?" unterbrach Pete.

Welsch beherrschte sich nur mit Mühe. „Mein lieber Herr Becker, mein Bauchgefühl sagt mir, dass der Mörder keinen Lippenstift trägt. Uns ist nur unklar, welche Rolle eine Frau spielen könnte, die den Lada benutzt hat, oder auch nur Beifahrerin war. Kann ich jetzt weitermachen und auf intelligente Fragen hoffen?"

Pete kochte innerlich über die 'Spitze' von Kommissar Welsch und nickte still.

„Abschließend", fuhr Welsch fort, „haben wir zwei Pornoheftchen gefunden. Die beiden Schmierblättchen stammen aus einem polnischen Verlag, wie das Impressum verrät. Das unterstreicht die ersten Vermutungen über die Identität des Täters. Das überlebende Opfer und Zeugen wie die Verkäuferin in Euskirchen berichteten von einem Unbekannten, der einen östlichen Dialekt hatte. Das gilt ebenfalls für den Käufer der Arbeitshemden, und er steht vermutlich mit dem Mörder und Vergewaltiger in Verbindung. Auch die Zeugen, die im Frühjahr von Belästigungen im Raum Schleiden, Gemünd und Kall berichteten, sprachen von einem Unbekannten, der einen polnischen oder russischen Slang haben soll."

Es klopfte. Pierre Marx vom *Grenz-Echo* trat ein. Ich hatte ihn auf dem Handy erreicht. Welsch hatte versäumt, den belgischen Kollegen einzuladen.

„Du bekommst nachher eine Zusammenfassung",

flüsterte ich Pierre zu. „Ich habe zwar gleich keine Zeit mehr, aber ich rufe dich aus dem Auto an."

„Wie geht es der Frau, die gestern Abend überfallen wurde?" wagte Pete Becker einen neuen Vorstoß.

Welsch sortierte seine Gedanken. „Eher Mädchen als Frau ... es geht ihr den Umständen entsprechend gut. Sie liegt im Krankenhaus, und ich möchte Sie bitten, von Anfragen dort abzusehen. Sie ist verletzt, aber nicht in Lebensgefahr. Mehr können wir Ihnen vielleicht heute Abend sagen. Das Mordopfer, das wir neben dem Lada fanden, ist der Gemünder Wolfram Belder. Er wurde mit einem zirka zwei Kilogramm schweren Felsbrocken erschlagen und war der Ehemann der vor über vier Wochen überfallenen und vergewaltigten Marianne Belder."

„Wo ist Frau Belder jetzt?"

„Kein Kommentar!" beantwortete Welsch die Frage des Aachener Journalisten.

„Arbeiten Sie zusammen mit Privatdetektiv Schreer an den Fällen?" fragte Pierre Marx. Bei dieser Frage zuckte Welsch zusammen. Er ließ sich einige Sekunden Zeit, bevor er antwortete: „Ich möchte Sie bitten, Herrn Schreer aus der Berichterstattung herauszulassen. Die Kripo arbeitet nicht mit Privatdetektiven zusammen, zumindest nicht offiziell. Dass er hier anwesend ist, hat Gründe, zu denen ich mich nicht äußern möchte."

„Aber es stimmt doch, dass er die Informationen über den weißen Lada aufdeckte?" Christian sah ihn fragend an.

„Ja!" grunzte Welsch." Und für jetzt reicht es. Der nächste Termin ruft."

Elftes Kapitel

Zehn Uhr. Welsch würde kräftig auf das Pedal treten müssen, um zeitig in Bad Honnef zu sein. Mein Magen krampfte bei dem Gedanken, Marianne die Nachricht zu übermitteln, dass Wolfram erschlagen wurde. Ich saß neben Welsch in dem komfortablen BMW und telefonierte mit Pierre Marx. Ich hatte ihm die Informationen versprochen, die er durch seine Verspätung nicht hatte.

Welsch trat das Gaspedal durch und schwieg. Er war genervt von der kleinen Pressekonferenz, die er gehalten hatte. Es war keine typische Pressekonferenz, sondern sein Vorstoß, die Presse mit ins Boot zu holen. Einen offiziellen Termin würde es um 16 Uhr geben. *BILD* und *Express* hatten schon angeklopft. Ein paar TV-Sender hatten sich auch gemeldet. Es graute Welsch vor deren Berichterstattung, weil er sie nicht kontrollieren konnte, aber er brauchte sie. Das Phantombild des gesuchten Mörders würde die erste Seite der Massenblätter schmücken, die privaten TV-Sender würden brisant und reißerisch berichten.

„Weißt du, warum ich die Presse in diesem Fall hasse?" fragte Welsch und ließ mir keine Zeit für eine Antwort. „Die 'guten' Pressefritzen werden auch 'gut' schreiben. Aber die Sensationspresse wird in der Öffentlichkeit böse Stimmung gegen Polen oder andere Ausländer schüren. Gewollt oder ungewollt. Da werden wieder Schlauberger aus ihren Löchern kriechen und über Ausländer, über Polen, Deutsch-

Russen und natürlich auch wieder über Türken oder die Serben schimpfen."

„Das wirst du nie vermeiden können", sagte ich. Ich dachte dabei an Anne-Catherine, die jetzt im Büro das Telefon hütete.

„Du weißt, dass Anne Belgierin ist. Als 1996 der Fall *Dutroux* hochkam und man die ermordeten Mädchen und zwei Überlebende entdeckte, war plötzlich jeder Belgier in den Augen einer breiten Öffentlichkeit ein Kinderschänder. Damals hatte Anne wochenlang keine Lust, in eine Kneipe oder ein Bistro zu gehen. Überall wurden Dutroux-Witze gemacht. Es war kaum zu ertragen."

Welsch bog auf den Parkplatz in der Luisenstraße. Die Fahrt nach Bad Honnef war eine Vollgasorgie gewesen. Meine Achseln waren schweißnass. Marianne die Nachricht über den Tod von Wolfram beizubringen, schnürte mir die Kehle zu.

Welsch und ich gingen nebeneinander.

„Wir haben noch fünf Minuten für eine Zigarette", sagte er. „Und für eine Information, die die Pressefritzen nichts angeht. Wir haben bei Wolfram Belder eine nicht gemeldete Waffe gefunden, eine Beretta. Sie steckte in seinem Hosenbund."

Doktor Albrecht erwartete uns Punkt elf in der Empfangshalle. Welsch zeigte ihm seinen Polizeiausweis. Der spindeldürre Arzt rief den

Aufzug.

„Ich habe Frau Belder Bescheid gesagt, dass ich gleich mit ihr sprechen möchte, damit sie keinen Spaziergang macht. Wenn wir gleich ihr Zimmer betreten, bitte ich Sie um größte Vorsicht. Sie hatte eben eine Einzeltherapie. Ich habe ihre Abwesenheit genutzt und nachgeschaut, ob es in dem Zimmer spitze Gegenstände gibt. Wir haben eine Schere gefunden und vorsorglich verschwinden lassen. Vorsorge gegen suizidale Gedanken. Frau Belders Zimmernachbarin wird nicht anwesend sein. Wir haben unter einem Vorwand einen ihrer Therapietermine vorgezogen."

Ein sanftes *herein* klang aus dem Zimmer. Marianne staunte, als sie uns im Schlepptau von Doktor Albrecht sah.

„Alwin? Kommissar Welsch?" Sie schaute uns fragend an und spürte, dass etwas nicht stimmte. Sie setzte sich auf ihr Bett. „Was ist passiert? Haben Sie *ihn* gefasst?"

Welsch zog einen Stuhl heran. „Frau Belder, ich weiß nicht, wie ich anfangen soll." Er sah sie sanft, fast väterlich an und nahm ihre Hand in die seine. Ich weiß nicht, wie ein Polizist eine Todesnachricht überbringt, aber die Sanftheit von Kommissar Welsch erschien mir aus dem Herzen. „Wolfram, also, Wolfram ist tot."

Marianne entzog Welsch ihre Hand und schwieg. Ihr

Blick war leer. Doktor Albrecht setzte sich auf das gegenüberliegende Bett, ich folgte seinem Beispiel. Ich erwartete Tränen, ich erwartete, dass Marianne zusammenbricht. Aber sie schaute uns nur an, zunächst Welsch, dann Doktor Albrecht, dann mich.

„Die Kripo", sagte sie mehr zu sich selbst als zu uns.

„Wenn Sie hier sind, dann war es kein natürlicher Tod."

Welsch nickte. „Er ist ermordet worden. Ihr Mann hat ohne unser Wollen erfahren, dass der Lada von dem Gesuchten entdeckt worden ist. Er ist auf eigene Faust los und hat, verzeihen Sie, diese Dummheit nicht überlebt."

Ich hätte Welsch erschlagen können. Dummheit, Selbstjustiz oder Faustrecht. Das gehörte nicht hier hin. Aber Marianne schien es zu überhören. Eine Träne lief ihre Wange hinab. „Wolfram hat nach dem Überfall auf mich gelitten ohne Ende. Ich hatte immer Angst, was geschehen würde, wenn man den Täter fassen würde und er ihm in einem Gerichtssaal begegnen würde." Sie schwieg.

„Wo ist Max, wo ist mein Kind?" Panik stieg in ihr hoch.

„Max ist bei seiner Oma", mischte ich mich ein. „Bei deiner Mutter. Kommissar Welsch hat eine Kinderpsychologin eingeschaltet. Er ist in guten Händen."

„Ich werde mit dieser Kollegin gleich telefonieren", schaltete sich Doktor Albrecht ein.

Marianne schluchzte nicht. Nur Tränen liefen über ihre Wangen. Ihr Atem stockte. „Ich hatte Wolfram gebeten, die Ermittlungen der Polizei zu überlassen. Und auch dir, Alwin." Sie schaute mich an. „Sein Tod ist vollkommen sinnlos."

Welsch nahm erneut ihr Hand, und Marianne entzog sie ihm nicht. „Es wird Ihnen Ihren Mann nicht zurückbringen, aber sein Auftauchen hat vermutlich einer jungen Frau das Leben gerettet. Der Täter hatte ein neues Opfer gefunden und von ihr abgelassen, als er Wolfram entdeckte. Sie lebt, und sie liegt im Schleidener Krankenhaus."

Marianne schien gefasst und nahm ein Foto von ihrem kleinen Schreibtisch. Es zeigte Wolfram mit dem kleinen Max in der Badewanne. „Max braucht mich jetzt", sagte sie.

Die Tür ging auf. Kein Anklopfen. Im Türrahmen stand ein Koloss, der fast wie Wolfram aussah. Er blickte Marianne an. Und an uns vorbei.

„Das ist Erwin, mein Schwager, Wolframs Zwillingsbruder."

Wir hatten die Situation nicht erfasst. Erwin Belder stürzte in das Zimmer und warf sich auf Marianne. „Du verdammtes Stück Scheiße. Mein Vater hatte recht. Wenn du nicht durch Wälder laufen würdest, würde Wolfram jetzt noch leben."

Er schlug sie ins Gesicht. Ich stürzte mich auf Erwin, der blitzschnell reagierte. Er ließ von Marianne ab und schlug mir einen Haken auf das Jochbein. Meine Brille flog durch die Luft, und ich spürte den Geschmack von Blut. Ich taumelte zurück und trat blindlings nach Erwin. Ich traf ihn zwischen den Beinen. Er brach zusammen. Welsch stürzte sich auf ihn und setzte sein 130 Kilogramm auf den am Boden liegenden Erwin.

„Kripo", ächzte er. „Du bist jetzt schön ruhig. Sonst vergesse ich mich, du Vollpfosten!"

Doktor Albrecht stand wie eine Zitterpappel in der Szenerie. „Bitte sorgen Sie dafür, dass er nicht mehr brüllt. Wir haben auf der dieser Station fast dreißig Traumapatienten, die sonst ausflippen."

Welsch verschloss Erwin den Mund mit seinem Taschentuch.

„Bist du jetzt ruhig?" fragte er. Strampeln unter dem Schwergewicht namens Rainer Welsch war unmöglich. Erwin nickte mit schmerzverzerrtem Gesicht.

„Gut!" sagte Welsch. „Ich werde dich jetzt loslassen und du darfst auch verschnaufen und deine Eier sortieren. Dann gehen wir zwei ganz ruhig die Treppen herunter und du verschwindest. Hast du das verstanden?"

Das Übergewicht Welschs machte ihm das Atmen schwer. Die Schmerzen von meinem Tritt zwischen seine Beine taten ein Übriges. Er nickte hilflos.

Welsch stand auf. Wir sahen, wie Erwin sich krümmte und in die schmerzenden Lenden fasste.

„Arschlöcher!" fluchte er leise. Doktor Albrecht öffnete die Tür. Männer und Frauen hatten sich vor Zimmer 243 versammelt.

„Alles in Ordnung!" verkündete er seinen Patienten.

„Gehen Sie bitte zum Mittagstisch oder eine Zigarette rauchen. Es ist alles in Ordnung."

Der Flur von Station 2 leerte sich. Doktor Albrecht gab Marianne eine Beruhigungsspritze.

„Darf ich noch bei ihr bleiben?" fragte ich den Doc.

Er nickte. „Wenn sie schläfrig wird, gehen Sie bitte. Wir werden in den nächsten Stunden vermehrt auf Frau Belder achten. Ich möchte Sie gleich aber noch mal sprechen." Doktor Albrecht verließ das Zimmer.

Marianne lag auf dem Bett. Ihre Augenlider wurden schwer, ihre Stimme müde. „Erwin hat Wolfram abgöttisch geliebt." Sie stockte. Das Schlafmittel wirkte.

„Wolfram hat sich immer vor Erwin gestellt, wenn der Alte ihn schlagen wollte. Erwin war das schwarze

Schaf in der Familie."

„Sei ganz ruhig", flüsterte ich. Marianne nahm meine Hand. Es dauerte nur Augenblicke und ihre Hand erschlaffte. Sie schlief. Ich gab ihr einen sanften Kuss auf die Stirn und verließ das Zimmer.

Ich klopfte an die Tür des Stationsarztes. Doktor Albrecht saß vor einem PC. „Falls Frau Belder in einen akuten Zustand kommt, werden wir sie in die Psychiatrie verlegen müssen. Zu Ihrem eigenen Schutz. Und ich hätte gerne Ihre Telefonnummer."

Welsch wartete vor der Klinik auf mich. Als wir nach Schleiden zurückfuhren, jagte er den BMW, als sei er Montoya oder Schumi eins oder zwei. Wir sprachen nicht. Ich wusste, dass Welsch kopfmäßig bei der Pressekonferenz war. Den Erwin hatte er Kollegen aus Bonn übergeben.

Zwölftes Kapitel

Ich hatte mich entschieden, nicht an der Pressekonferenz in einem Gemünder Hotel teilzunehmen. Offiziell gab es mich als Ermittler ja auch nicht. Sollte Welsch sich doch allein mit *BILD*, *Express* und *RTL* herumschlagen! Ich freute mich auf Dedenborn und meine vier Wände und parkte meinen kleinen Civic direkt vor der Haustür.

Ekkehard blökte. Mein Lieblingsesel kam angelaufen, und es schien mir, als wolle er mir etwas erzählen. Seine Neuigkeit hatte vier Beine. Eine Eseldame folgte ihm auf Schritt und Tritt. Ich streichelte ihren Pony und Werner tauchte auf.

„Die magste, wa!" lachte er. „Das ist Rosi. Ich habe meinem Ekkehard eine Freundin besorgt. Die verstehen sich prächtig."

Ich schnappte mir Werner und führte ihn in mein Büro. Dort lagen die Hemden von *Masso Giotto*. „Sind das typische Arbeitshemden?" fragte ich ihn.

Werner lachte und hielt sich eines der Hemden vor den Körper.

„Klar doch", sagte mein nachbarschaftlicher Eselpapa.

„Die kosten fast nix und sind unheimlich stabil. Die gibt es auch in Simmerath, in so 'nem Billigladen."

Ich begann, diese Hemden zu hassen. Von Mode hatte ich keine Ahnung und hätte unter anderen Umständen diese Hemden gemütlich und angenehm auf der Haut empfunden. Mittlerweile hasste ich dieses Karomuster. Ich schenkte Werner die drei Hemden, die er besser brauchen konnte als ich. Sein kleiner Bauernhof bedeutete harte Arbeit.

Werner trank ein Bier und versicherte mir, dass ich bis in alle Ewigkeit der beste Kumpel von seinem Esel Ekkehard sei. Das wusste ich sowieso, denn der schräge Esel war schließlich der beste Freund meines Kühlschranks. „Jetzt muss ich aber", verkündete Werner nach einem zweiten Bier. „Der Abend gehört meiner Frau."

Ich setzte mich vor den Fernseher und sah auf einem der vielen privaten Sender die Aufzeichnung aus dem *Gemünder Hof*. Welsch war geschminkt. Kein Tropfen Schweiß war zu sehen. Sein Tenor lautete „Wir bitten die Öffentlichkeit um Mithilfe, den Mörder und Vergewaltiger zu finden."

Erklären konnte ich es nicht. Ich war stolz auf ihn. Welsch war souverän und cool.

Das Telefon klingelte. *Nummer unterdrückt* im Display motivierte mich, lieber nicht an den Apparat zu gehen. Es könnte allerdings auch Marianne sein, und das war der einzige Grund, den Hörer anzuheben.

„Sandrine hier!" tönte es. Mein Hirn arbeitete alle Namen durch, die ich kannte. „Hey! Sandrine ist hier! Die kleine Nutte aus Eupen mit Job in Aachen. Klingelt es?"

Es klingelte auf meiner geistigen internen Festplatte.

„Ich habe 23 Uhr Feierabend. Und mir ist etwas eingefallen. Warte einfach am Eingang der Antoniusgasse. Wo es zum Parkhaus geht." Sandrine legte auf. *Nummer unterdrückt* und ich konnte nicht einmal zurückrufen, denn ich brauchte keinen Termin um 23 Uhr, sondern eine ungestörte Nacht mit mindestens zehn Stunden Schlaf.

Ich duschte, um wach zu werden und fuhr los. Die Strecke über Simmerath, Roetgen und die *Himmelsleiter* hinab bis Oberforstbach war ganz in den Händen feierabendlicher Motorradfahrer. Die sommerlichen Temperaturen hatten auch viele Cabriofahrer herausgelockt. Ich beneidete sie, weil mein Alfa Spider immer noch kaputt in Werners Scheune stand.

In Aachen bog ich Richtung Theater ab und ließ die Industrie- und Handelskammer links liegen. Hinter dem imposanten Theater bog ich rechts ab und gleich wieder links. Ich parkte und spazierte die wenigen hundert Meter bis zur Antoniusgasse. Sandrine stand dort abholbereit und hakte sich bei mir ein. Sie hatte ihre vermutlich knappe 'Arbeitskleidung' gegen ein Sommerkleid getauscht.

„Lass' uns nach Eupen fahren", meinte sie. „Ich kann mein Auto stehen lassen und nehme morgen den Zug."

Als wir in Eupen ankamen, parkte ich den Honda in der Nähe des Rathausplatzes. In den Verlagsräumen vom *Grenz-Echo* war noch Licht, und die Barbesitzer hatten den Rathausplatz mit ihren Tischen erobert. Der Verkehr führte um dem Platz und die Kellner mussten immer flink die Straßen überqueren, um in den Bars und Kneipen ihre Tabletts zu füllen. Die Autofahrer kannten das Spiel und nahmen Rücksicht. Nur ein paar Halbstarke jagten rücksichtslos mit ihren frisierten Motorrollern rund um den Rathausplatz und fuhren wohl den 'Grand Prix von Eupen'. Aber auch sie gehörten zum Stadtbild.

„Ich wohne da oben." Sandrine zeigte auf ein schmales und blau getünchtes Haus. Im Erdgeschoss war ein Fotogeschäft.

„Ich hatte einfach Lust, dich zu sehen und habe eine Information, die dir hoffentlich hilft, diesen Mörder zu schnappen."
„Surfst du immer noch online auf den Seiten der *Rundschau* und vom *Stadt-Anzeiger*?"

Sandrine nickte und nippte an ihrem Pfefferminztee. Mir waren die *Gauloises* ausgegangen, und ich zündete mir eine *Belga* an. Auffällig ist deren kurzer Filter.

„Warum bin ich hier?" fragte ich sie. „Ich bin

vollkommen übermüdet und habe auch nichts gegen einen Kaffee, pardon Pfefferminztee, mit dir. Aber ich hoffe, du hast mir etwas Interessantes zu erzählen."

Ich bestellte mir einen zweiten Espresso und ein Glas Wasser.

„Ich habe dir von dem Kerl erzählt, der draußen auf den Typ wartete, der mit Angela ohne Gummi vögeln wollte", begann Sandrine." Ich hatte keinen Kunden, er wollte auch nicht mit aufs Zimmer und ich beobachtete ihn, wie er auf und ablief. Ich bin mir ganz sicher, dass ich sein Gesicht früher schon gesehen habe."

„Was macht dich so sicher? In deinem Job siehst du doch zahllose Gesichter von Männern."

Sie grinste nahezu unanständig.

„Das kommt auf die Stellung an, aber das ist es nicht", antwortete Sandrine. „Bis vor zwei Jahren habe ich in Kerkrade in einem Schuppen gearbeitet, den man gerne als 'Edelpuff' bezeichnet. Unsere Kunden waren Männer mit dicken Geldbörsen. Wer zu uns kam, parkte meist einen dicken Benz, einen Porsche oder einen Ferrari vor der Tür. Manchmal gab es auch wilde Partys für ein Dutzend Geschäftsleute. Wir Frauen waren zur Unterhaltung da, und wer wollte, verschwand mit einer von uns im Whirlpool oder aufs Zimmer."

Die Müdigkeit machte mich ungeduldiger als üblich.

„Könntest du bitte das Fass jetzt öffnen, Sandrine?"

Sie blickte mich fast beleidigt an. Sandrine hatte sich nettes Plauschen plus wichtiger Informationen vorgestellt, ich fuhr auf Sparflamme und dachte nur an mein Bett.

„Herr Privatdetektiv, seien Sie etwas freundlicher", schimpfte sie ironisch.

„Ich bin sicher, dass der Typ, der euren Mörder in die Antoniusgasse begleitet hat, ein deutscher Geschäftsmann ist. Die Jungs erzählen viel, wir flößen ihnen so viel Schampus wie möglich ein, weil wir am Umsatz beteiligt sind. Und dieser Typ stammte irgendwo aus Aachen oder Umgebung. Er hat irgendwas mit Reisen zu tun. Ich weiß nicht genau, was er macht, aber er muss ein Reisebüro oder so haben. Damals jedenfalls."

Mein Hirn arbeitete auf Hochtouren. Die bisherigen Ermittlungen über den Mörder und Vergewaltiger standen auf dünnem Eis. Der vermutlich polnische Dialekt, der Lada Niva, ein Phantombild und die Flanellhemden waren unsere bisherigen Spuren. Wenn der Puffbesucher aus Kerkrade aber wirklich den Mörder kannte und ein Geschäftsmann der Region war, dann würde es den Ermittlungen neue Aspekte geben. Wir mussten nach einem Typ mit Reisebüro oder einen Reiseleiter suchen, der viel Kohle hat und sich Partys in einem Edelpuff leisten konnte.

Ich rieb meine Augen. Meine Akkus waren komplett leer. Sandrine lächelte:" Du kannst bei mir schlafen. In dem Zustand landest du am nächstbesten Baum. Du kannst das Sofa im Wohnzimmer nehmen."

Mir fehlten Argumente. Ich zahlte die Rechnung und folgte Sandrine über die Straße in zweite Etage des kleinen, blau getünchten Hauses. Ich schlief sofort ein.

Dreizehntes Kapitel

Nein, ein Phantombild könne sie nicht erstellen, eröffnete mir Sandrine beim Frühstück. Wir saßen wieder auf dem Rathausplatz. Aber sie notierte auf eine Serviette, was ihr zu dem Geschäftsmann in Sachen Reisen einfiel. Mitte bis Ende fünfzig, einsneunzig, schlank, dunkle Haare und eine leichte Hakennase. Das war mehr als nichts. Ich rief Anne an.

„Kannst du dir die *gelben Seiten* schnappen und alle Reisebüros in Aachen und Umgebung heraussuchen? Und dann wäre es gut, wenn du die alle abklapperst."

Ich hörte kurz zu. „Jaja, ich weiss, dass ist tierisch viel Arbeit. Aber vielleicht finden wir einen Kompagnon von diesem verdammten Mörder."

Ich gab Anne die vage Beschreibung durch, die Sandrine notiert hatte.

Pierre Marx winkte uns zu. Er war auf dem Weg zum *Grenz-Echo* und setzte sich zu uns. Küsschen rechts und Küsschen links für Sandrine, ein Schulterklopfen für mich. Pierre hatte einen Stapel Tageszeitungen der Konkurrenz unter dem Arm.

„Die besorge ich mir immer am Aachener Bahnhof", sagte er. „Und einer meiner Kollegen vom *Aachener Blick* hat tierisch danebengehauen. Das war der Dicke, der gestern Morgen auch bei Welsch war. Du wirst zumindest indirekt erwähnt, und zu der Verkäuferin in Euskirchen fehlt nur noch die Wegbeschreibung."

Pierre gab mir den *Aachener Blick*. Seite 1 zeigte das Phantombild des Gesuchten und das Pressefoto eines Lada Niva.

> *"...ermittelt ebenfalls ein Privatdetektiv aus der Gemeinde Simmerath. Sein ermordeter Auftraggeber Wolfram B. aus Gemünd hinterlässt eine Frau und einen kleinen Sohn. Frau B. war das letzte überlebende Opfer des Vergrwaltigers."*

Ich überflog die nächsten Zeilen und fand die indiskrete Passage:

> *"... die Verkäuferin Jana K. aus Euskirchen bestätigte, dass ein möglicher Komplize des gesuchten Mörders und Arbeitshemden bei ihr kaufte. Der private Ermittler Alwin S. aus der Gemeinde Simmerath brachte die Kripo Schleiden auf die Spur des Lada Niva. Weiß der Privatdetektiv mehr als die Kripo? Die Polizei hatte die Zeugin nicht nach einem Auto gefragt."*

Der plumpe Bericht war mit PRIVATDETEKTIV

ERTEILT DER POLIZEI EINE LEHRSTUNDE betitelt. Welsch würde in die Tischkante beißen. Und im Mittelpunkt des Interesses stehen, ist das letzte, was ein privater Ermittler wie ich brauchen kann.

Ich verabschiedete mich von Sandrine und Pierre und fuhr zurück. Küsschen Sandrine, Handschlag für Pierre.

Vierzehntes Kapitel

In Dedenborn und Simmerath gibt es keine *Rundschau* und keinen *Stadt-Anzeiger*. Ich fuhr erst nach Gemünd und besorgte mir die aktuellen Tageszeitungen, auch die *BILD* und die *Express*.

Ekkehard und Rosi begrüßten mich freundlich in Dedenborn. Sie streckten ihre Köpfe über den Zaun. Ekkehard entdeckte in meiner Einkaufstasche die Möhren, die für ihn und Rosi bestimmt waren.

Ich hörte zunächst meinen Anrufbeantworter ab. Welsch hatte um Rückruf gebeten und über die Berichterstattung im *Aachener Blick* Dampf abgelassen.

Ich knöpfte mir zuerst den *Stadt-Anzeiger* vor und schlug den Lokalteil auf. Pete berichtete gut. Er beschränkte sich auf die Tatsachen, die Welsch erzählt hatte. Christian nutzte den 'Heimvorteil', dass seine Lokalredaktion in Gemünd sitzt. Neben allen bekannten Tatsachen und dem Phantombild unseres gesuchten Mörders hatte Christian Interviews mit den Gemünder Gastronomen geführt. Der gute Arndt Müller, der die Winterpause genutzt hatte, um seine Konditorei zu renovieren, klagte bereits über zurückgehende Besucherzahlen. Raimund Dorff vom *Haus Schönblick* berichtete von stornierten Hotelzimmern.

BILD und die *Express* waren reisserisch. WIRD ER AUCH IN KÖLN TÖTEN? stand auf der Titelseite der

Express. Die *BILD* schrieb als Headliner ANGST ÜBER DER NORDEIFEL und die zweite Überschrift lautete *Eifeler trauen sich nicht mehr auf die Straßen.*

Im *Grenz-Echo* hatte Pierre Marx erwartet sachlich berichtet. Er beleuchtete den Fall aus seiner belgischen Perspektive. Dass die Grenznähe nicht ausschließt, dass der Täter auch im belgischen Ostkanton zuschlägt. Pierre hob nochmals den weißen Lada hervor, und die Eupener Gendarmerie hatte eine Info-Line eingerichtet. Der Polizeipräsident hatte geäußert, dass er mit den deutschen Kollegen auf kurzem Dienstweg kooperiert. Ob es ein offizielles Rechtshilfeersuchen von Deutschland an Belgien gab, erfuhr der Leser nicht. Fakt war, dass Eupen und Schleiden in Verbindung standen.

Es schellte an der Haustür. „Alina? Hallo", begrüßte ich meine junge Besucherin. Alina war achtzehn und türkischer Abstammung, trug aber einen untürkischen Vornamen. War das nicht russisch? Sie wohnte mit ihren Eltern in Dedenborn. Die Familie entsprach nicht den vielen Klischees über türkische Sitten und Gebräuche. Alina war modern und westeuropäisch erzogen. Sie hielt mir eine Ausgabe vom *Aachener Blick* unter die Nase. „Bist du der Privatdetektiv aus der Gemeinde Simmerath, der hier erwähnt wird?"

Ich nickte und sie drängte sich an mich in das Büro vorbei.

„Alina, was ist los?"

Sie setzte sich und griff nach einer Flasche Sprudel, die auf meinem Schreibtisch stand. Sie nahm einen Schluck. Ihre Augen waren voller Tränen. „Es ist eine Schande für meine Familie, und Dedenborn ist so klein. Hier quatscht jeder über jeden."

Etwas behutsamer wiederholte ich meine Frage: „Alina, was ist los?"

Sie schloss die Augen. „Vor acht Wochen etwa, da bin ich auch überfallen worden. Zwischen Dedenborn und Hammer. Da etwa, wo diese Frau aus Gemünd vergewaltigt worden ist."

Alina nahm noch einen Schluck Mineralwasser und fragte nach einer Zigarette. Ich zündete ihr einen Glimmstengel an.

„Dieser Mann hat mir aufgelauert und mich in den Wald gezerrt. Es war schon dunkel. Er hat mir den Mund zugehalten und mir gedroht. Ich habe versprochen, nicht mehr zu schreien. Dann hat er mich vergewaltigt."

„Warum hast du deinen Eltern nichts erzählt?"

Sie stammelte. „Ich habe mich doch so geschämt. Und ich hatte meinen ersten festen Freund. Vielleicht spät mit achtzehn, aber Martin war so lieb und geduldig. Ich habe mich nach der... der Sache von ihm getrennt."

Anne traf ein und sah die weinende Alina. Sie

informierte mich kurz, dass das Abklappern der Reisebüros nichts ergeben hatte. Ich erzählte in kurzen Worten, was ich von Alina erfahren hatte.

„Alina, Liebes, wenn du lieber mit mir alleine reden möchtest, kann Alwin uns auch alleine lassen."

„Nein!", sagte sie. „Ich weiß jetzt, dass ich nicht hätte schweigen dürfen. Ich möchte Alwin nur bitten, dass er mit zu meinen Eltern kommt, um es ihnen zu erzählen. Mein Vater ist doch ein guter Freund von Alwin."

„Wir müssen auch die Polizei informieren."

„Ich weiß, aber ich möchte euch dabeihaben."

Alinas Vater sah schmerzverzerrt aus, als wir ihm mitteilten, dass auch seine Tochter vergewaltigt worden war. Ihre Mutter weinte. Sie schrie ihren Mann an: „Das war der Abend, als du keine Zeit hattest, Alina in Hammer abzuholen." Alina kreischte auf und schrie hysterisch. Sie stürzte auf ihren Vater und verkroch sich wie ein Kind in seinen Armen.
„Mama, bitte mach' Papa keine Vorwürfe. Ich bin doch auch früher den Weg so oft gelaufen."

Alinas Eltern waren einverstanden, dass Anne und ich mit ihr zur Polizeistation Schleiden fahren. Ich kündigte Welsch unseren Besuch an und gab ihm am Telefon einen Wink, was auf ihn zukommen würde.

Die Aussagen von Alina ergaben nichts Neues. Auch den Täter konnte sie nicht beschreiben. Er hatte ihr die ganze Zeit mit einer Taschenlampe in das Gesicht geleuchtet, bevor er von ihr abließ und verschwand. Die schmutzigen Kleider hatte Alina gleich in die Waschmaschine geworfen. DNA-Spuren zu finden war somit ausgeschlossen.

Dass ihr Peiniger schlechtes Deutsch spräche, war das einzige, das sich mit Mariannes Aussage abgleichen ließ. Alina hatte als einzige Neuigkeit angegeben, dass ihr Vergewaltiger sehr stark nach Nikotin gerochen hatte.

Welsch fragte mich: „Können wir noch reden? Ich bringe dich dann später nach Dedenborn zurück. Für mich ist es nur ein Katzensprung von Höfen nach Dedenborn." Welsch hatte in Höfen gebaut.

„Ich fahre dich jetzt nach Hause", lächelte Anne die erschöpfte Alina an. „Und dann überlegen wir gemeinsam, ob du vielleicht doch mit deinem Freund Martin über die Sache reden solltest."

Welsch verabschiedete sich von Anne und Alina. „Ich werde vielleicht noch Fragen haben und dich sprechen müssen. Ist das okay, Alina?"

Sie nickte schweigend. Ich sah aus dem Fenster, wie Anne und Alina in meinem Civic vom Parkplatz der Polizei fuhren.

„Wir haben die Fingerabdrücke aus dem Lada

geprüft. Alles ohne Ergebnis." Welsch überlegte kurz. „Die DNA-Analyse der Kippen läuft noch. Fest steht, dass jedenfalls auch eine Frau in dem Auto gewesen sein muss. Lippenstift und Speichel sind eindeutig von einer Frau." Er schüttelte missbilligend den Kopf. „Und der blöde Pressefritze spekulierte auf einen Kerl mit geschminkten Lippen."

Welsch schnorrte eine Zigarette. Die *Belga* sah er missbilligend an und entschied, Tabak sei Tabak.

„Was geschieht jetzt mit Alinas Aussage?" fragte ich.

„Die Presse müssen wir wohl informieren. Vor allem müssen wir damit rechnen, dass es noch andere Frauen gibt, die sich aus Schamgefühl nicht gemeldet haben. Deine Freunde bei der Presse müssen einen Zahn zulegen. Hermes und Becker müssen diesen Appell so schnell wie möglich drucken."

„Du bist ja recht sanft mit den Presseleuten. Ich dachte, nach der idiotischen Story im *Aachener Blick* würdest du ausrasten."

„Das bin ich auch fast. Ein Kollege der Kripo Aachen hat mir diese Schmierereien heute früh zugefaxt. Dieser Schreiberling hat gegen alle Regeln verstoßen. Und ich werde mit seinem Chef noch ein langes Gespräch führen."

Ich dachte an Alina. Welsch schien Gedanken lesen zu können.

„Wenn Alina sofort die Polizei informiert hätte, wäre der grässliche Überfall auf Marianne vielleicht nie geschehen", murmelte ich niedergeschlagen und zog an meiner Zigarette. „Es ist kein Vorwurf, es ist nur eine Tatsache."

„Mehr als eine Tatsache darf es auch nicht sein, mein Lieber. Ich möchte nicht wissen, wie viele Vergewaltigungen nicht angezeigt werden. Furcht und Scham lassen viele Frauen schweigen. Manche ertragen es ein Leben lang, andere enden im Suff."

Er dachte nach. „Was hätte Marianne Belder getan, wenn sie nicht von Passanten entdeckt worden wäre?"

„Sie wäre ohne Zweifel zur Polizei gegangen. Als sie mit siebzehn von einem unserer Mitschüler auf dem Heimweg von einer Fete vergewaltigt wurde, ist sie damals bis zum nächsten Haus gelaufen und hat die Polizei angerufen."

Welsch paffte vor sich hin. „Die Belder ist eine sehr tapfere Frau. Der Leichnam von Wolfram Belder ist übrigens für die Bestattung freigegeben. Marianne Belder hat heute auch angerufen und sich nach dem Stand der Ermittlungen erkundigt. Ich habe ihr gesagt, dass wir neue Spuren prüfen. Ich kann ja nicht mit den Ermittlungen hausieren gehen. Sie lässt dich übrigens grüßen. Heute wird sie ihre Mutter und der kleine Max besuchen."

„Was ist mit dem tobsüchtigen Erwin Belder?"

„Er hat in der Rheinklinik zunächst Hausverbot. Und eine Hodenquetschung. Du hast gut zugetreten."

Die Ruhe in diesem Büro war nicht normal. „Dein Telefon ist so merkwürdig still."

Welsch schlug mit beiden Händen auf den Schreibtisch.

„Ich habe es auf den Kollegen Breinig umgeleitet. Seit heute früh hat jeder angeblich einen Lada gesehen und ruft an. Wir lassen die Orte prüfen, wo er gesehen wurde. Jeder Geschäftsmann ruft an und will wissen, wie der Stand der Dinge ist. Oder sie beschimpfen uns einfach, dass sie bald Pleite sind, wenn wir den Mörder nicht dingfest machen."

Er dachte nach: „Ich fahre dich jetzt nach Dedenborn und schau mal bei meiner Frau in Höfen vorbei. Seit diesem Fall haben wir uns kaum gesehen. Und ich brauche ein gutes Steak mit Kartoffeln. Besser noch, du kommst mit und wir füttern dich durch."

Fünfzehntes Kapitel

Es war später als erwartet geworden. Gegen 20 Uhr setzte Welsch mich in Dedenborn ab. Das Steak war köstlich, der Nachtisch perfekt. Für wenige Stunden hatten wir die Morde vergessen und über alte Zeiten erzählt. Jetzt wollte er noch mal in sein Büro nach Schleiden fahren.

Anne lag auf meinem Sofa. Sie hat bis zu ihrem Lebensende alle Rechte in meinen vier Wänden und hatte einen meiner Bademäntel stiebitzt. „Ich mache von meinem Anrecht Gebrauch, heute Nacht hier zu bleiben", lächelte sie. Die *Gelben Seiten* lagen vor ihr. Die neueste Ausgabe enthielt von den Seiten 353 bis 356 zahllose Adressen von Reisebüros in den Kreisen Aachen und Heinsberg. „Ich habe nicht mal Aachen selbst durch", sagte Anne.

Ich war mir nicht sicher, ob die Idee noch gut war.

„Wie geht es Alina?"

„Die Eltern haben sich beruhigt. Ich bin später noch mit Alina zu ihrem süßen Martin gefahren. Er weiß jetzt, was geschehen ist. Martin hat unsicher, aber sehr lieb reagiert. Ich glaube, die beiden haben eine echte Chance."

Mein Kübel war einfach voll. Zu viele Informationen, zuviel Kummer und Leid ohne Ende. Dass Alina und Martin, den ich nicht persönlich kannte, sich wiedergefunden hatten, weckte eine kleine Freude in mir. „Anne, wir brauchen eine Pause. Und ich habe hier eine geniale DVD."

Sie nickte müde, und ich legte *Der Profi* mit Jean-Paul Belmondo in den Player ein. Belmondo hat es leichter. Er zückt den Colt und ballert jeden ab, der böse ist. Wir mussten uns an Gesetze und Regeln halten. Dass ein Bulle wie Welsch mit uns sprach, war auch nicht üblich. Die Situation war dafür verantwortlich. Ein Kripomann in der Eifel kann sehr alleine sein.

Ich überlegte gerade, ob Anne und ich doch eines Tages in der Kiste landen. Ihr Anblick war sehr sexy Das Telefon riss mich gegen 23 Uhr aus meinen Gedanken über Sex mit Anne.

„Welsch hier", tönte es. „Ich wäre besser nicht mehr in mein Büro gefahren. Jana Kohlstock ist überfallen worden und liegt im Krankenhaus Schleiden. Sie fragt nach dir."

„Wie geht es ihr? Was ist passiert?"

„Sie ist überfallen und verschleppt worden. Und es war mehr als nur ein Gauner. Die haben wohl den *Aachener Blick* gelesen."

„Ich bin schon unterwegs. Anne ist noch hier. Sie kommt mit." Ich legte auf.

Anne zog ein Sweat-Shirt und ihre Jeans an. Wir nahmen meinen Civic und jagten aus Dedenborn

Richtung Schleiden.

„Kannst du dir diesen Überfall auf die Kohlstock erklären?" fragte sie.

„Ich bin sicher, dass da jemand kalte Füße kriegt. Die Schlinge wird enger. Und der Überfall auf die Verkäuferin bestätigt es."

„Nur der *Aachener Blick* hat Jana Kohlstock erwähnt. Nicht mit Nachnamen, aber als Verkäuferin dieser Hemden. Richtig?"

„Richtig! Nicht mal *BILD* und *Express* haben die Frau erwähnt. Und der *Aachener Blick* kommt im Kreis Euskirchen nicht in die Zeitungsläden."

Ich bog in Herhahn rechts nach Schleiden ab. Wir schossen die ehemalige Panzerstraße herunter. Der Civic ächzte und missbilligte mein schnelles Tempo. Anne auch.

Wir sahen das Krankenhaus Schleiden. Welsch erwartete uns bereits und stand an der Anmeldung. Ein noch brennender Zigarettenstummel auf dem Boden vor dem Eingang verriet seine Sucht. Er drückte Annes Hand und nickte mir kurz zu.

„Ich konnte bereits mit ihr reden", teilte er uns mit. „Sie will aber unbedingt mit dir sprechen. Ich denke, du bist mittlerweile in Gefahr."

Wir nahmen den Aufzug und traten in das

Krankenzimmer von Jana Kohlstock. Ihr Anblick war erschütternd. Beide Augen waren fast zugeschwollen, ihre Unterlippe sah aus wie die eines Boxers nach zwölf Runden Prügel. Ein Mann saß an ihrem Bett und stellte sich als Florian Steffens vor. Er sei der Freund von Jana Kohlstock.

„Bleiben Sie ruhig hier", sagte ich zu Steffens. „Sie sind Balsam für die Seele Ihrer Freundin."

Anne und ich rutschten zwei Stühle an das Bett von Jana Kohlstock. Sie sah Anne an. Ich stellte sie als meine Partnerin in der Detektei vor. Müde hob Jana Kohlstock den Arm und ergriff Annes Hand zur Begrüßung."

Die Tür öffnete. Es war der diensthabende Arzt. „Sie können mit der Patientin reden, aber rufen Sie bitte nach mir, wenn sie sich aufregt."

„Geht schon, Herr Doktor", unterbrach Jana Kohlstock. Ich sah Welsch hinter dem Arzt. Er hatte einen Stuhl gegenüber der Tür zu Jana Kohlstocks Zimmer gerückt und hielt die Augen geschlossen. Die sich überschlagenden Ereignisse machten uns alle zu Nachtmenschen.

„Ich habe das Geschäft um 20 Uhr verlassen", begann Jana Kohlstock. Aus der Nähe sah sie noch schlimmer aus. Hinter der geschwollenen Lippe erkannte ich, dass ihr Peiniger Jana Kohlstock zwei Schneidezähne ausgeschlagen hatte. Es fehlte ein Ohrstecker, der ihr offenbar herausgerissen worden war. Das Ohrläppchen war genäht worden. „Bis zur meiner Wohnung sind es zu Fuß knappe fünf Minuten."

Jana Kohlstock bat um ein Glas Wasser und fuhr fort:

„Eigentlich gehe ich einfach nur rechts aus der Fußgängerzone und dann nach 100 Metern noch mal links. Da stand ein dicker Benz und zwei Leute stürmten heraus. Sie hatten Sturmhauben auf, wie Motorradfahrer sie tragen und warfen mich in den Kofferraum. Ein Dritter saß am Steuer."

„Euskirchen ist doch locker vierzig Kilometer von Schleiden entfernt", stellte Anne fest. Ich schwieg. „Wir sind auch lange gefahren. Es kam mir endlos vor. Dann haben sie mich aus dem Auto gezerrt und mir die Hände und Füße mit Klebeband gefesselt. Ich hatte totale Panik!"

„Was wollten die denn von Ihnen?" fragte ich.

„Einer der Typen schlug mir rechts und links eine Zeitung ins Gesicht. Ich habe nur etwas mit 'Aachen' gelesen. Die wollten wissen, mit wem ich gesprochen habe und wer der 'Privatschnüffler' ist. Dann kamen die Schläge. Ich habe es nicht lange durchgehalten. Ihr Name war mir entfallen, aber ich habe denen gesagt, dass Ihre Visitenkarte in meiner Geldbörse ist. Sie haben dann meine Jacke durchwühlt und die Visitenkarte genommen."

„War es wieder der östliche Slang?" fragte Anne.

„Nein. Der, der am meisten redete, sprach gepflegtes Deutsch. Aber der andere sprach unsere Sprache mit östlichem Akzent."

„Und der Dritte."

Jana Kohlstock weinte. „Das war eine Frau. Die hat wohl das Auto gefahren und hatte auch eine Maske an."

„Sind Sie sicher, dass es eine Frau war?" fragte ich.

„Ganz sicher. Sie hat ja auch gesprochen, als...als..."

Sie schlug die Hände vor die Augen. „Der Typ, der so wenig sprach, hat mir zwischen die Beine gepackt, nachdem sie die Infos hatten, was sie wissen wollten. Und dann wollte der meine Jeans öffnen."

Jana Kohlstock zitterte wie Espenlaub. Ihr Freund nahm ihre Hand, aber sie schreckte zurück.
„Als der mir an die Wäsche wollte, hat die Frau den Mann angebrüllt. In einer Sprache, die ich nicht kenne. Polnisch oder russisch. Aber ich habe nicht nur an der Stimme erkannt, dass es eine Frau ist. Sie hatte einen großen Busen, ziemlich eng in ein dunkles T-Shirt gepackt."

Jana Kohlstock fragte nach einem weiteren Glas Wasser. Es stand ihr ins Gesicht geschrieben, dass jede Bewegung schmerzte.

„Jedenfalls hat er dann die Finger von mir gelassen. Der andere hat mir Mund und Augen mit dem Paketband verklebt. Und dann habe ich noch einen Schlag gespürt und danach weiß ich nichts mehr."

Sie müsste doch einen Schock haben, dachte ich. Jana Kohlstock war eine sehr tapfere Frau.

Wir verabschiedeten uns von ihr und ihrem Freund Florian. Auf dem Flur der Station wartete Welsch. Er hatte seinen Stuhl von seinem Übergewicht erlöst und spazierte auf und ab. Ein Krankenpfleger versprach, dem Arzt Bescheid zu sagen, dass wir fertig waren.

Fertig mit dem Gespräch, fertig mit den Nerven und einfach müde.

„Hier sind jetzt alle Kneipen dicht", nuschelte Welsch, der sich eine Zigarette angezündet hatte. Er hielt Anne und mir eine Packung *Nil* hin. Wir räucherten Welschs BMW gemeinsam ein. Sein Auto ersetzte uns die Gaststätte.

„Wo hat man Frau Kohlstock gefunden?" fragte ich Welsch.

„Ein Spaziergänger hat sie gefunden. Zwischen Rinnen und Sistig, als er seinen Hund Gassi führte. Er hat die Polizei per Handy alarmiert und auch gleich einen Krankenwagen geordert. Das war gegen halb zehn heute Abend."

„Ein irres Tempo", meinte Anne. „Um 20 Uhr wurde sie verschleppt. Bis Rinnen fährt man locker 25 Minuten. Dann haben sie die Kohlstock verprügelt. Und bereits gegen 23 Uhr bekamen wir die Info."

„Ich habe deshalb sofort angerufen, weil Jana Kohlstock darauf bestand, dass du jetzt in Gefahr bist, Alwin." Er schaute Anne an. „Und Sie als Partnerin von Alwin auch. Diese Typen müssen sich hier sehr heimisch fühlen. Sonst hätten sie ihr Opfer auch in der Nähe von Euskirchen ausquetschen können. Sie müssen sich in der Eifel auskennen und sicher fühlen."

Welsch warf die Zigarette aus dem Fenster und zündete sofort eine neue an. „Wir hatten einen Mörder, der zugleich ein Vergewaltiger ist. Jetzt haben wir mindestens drei Personen, die unter einer Decke stecken. Eine Frau und zwei Männer. Und einer der Männer spricht perfekt deutsch. Es muss noch mehr dahinterstecken und denen geht der Arsch auf Grundeis."
„Was hälst du von den ganzen Utensilien, die im Lada gelegen haben?" fragte ich Welsch.

„Das kann alles und nichts bedeuten. Die Werkzeuge sind Massenartikel. Unser Täter könnte Maurer, Polier oder Maler sein. Es muss einfach mehr dahinterstecken! Sonst wären diese Ärsche nicht das Risiko eingegangen, die Kohlstock zu entführen und sie auszuquetschen, was du weißt, Alwin."

„Ich passe auf Alwin auf", grinste Anne. Es war eher ein gequältes Lächeln. „Bei Polen oder Russen in Verbindung mit Werkzeug und Arbeitshemden denke ich übrigens automatisch an eingeschleuste Schwarzarbeiter."

„Den Gedanken hatte ich auch schon", tönten Welsch und ich fast gleichzeitig. Welsch fuhr fort: „Was hälst du von dem Namen?"

„Welcher Name?" Anne und ich sahen uns fragend an.

„Hat die Kohlstock das euch gegenüber nicht erwähnt? Die Frau unter den drei Kidnappern hat etwas in einer fremden Sprache gebrüllt, damit der eine Typ von ihr abließ. Es könnte ein Name gefallen sein, 'Karl' oder 'Karol'.

Sechzehntes Kapitel

Anne und ich hatten Einruhr hinter uns gelassen. Bald würde der erste Hahn zu früh und zu laut krähen. Mir fiel schwer, die Augen offen zu halten.

„Es gibt mindestens noch eine vierte Person."

„Wieso?" Anne klang schläfrig.

„Der Typ, der vor mehreren Wochen die Hemden bei Jana Kohlstock gekauft hat. Er ist nicht identisch mit dem Vergewaltiger und sprach auch nur gebrochen deutsch. Die Kidnapper der Kohlstock sind nicht identisch. Einer sprach perfektes Deutsch, einer nur gebrochen und dann gab es noch die Frau."

Ich bog nach Dedenborn ab. Kaum ein Haus war erleuchtet. Ich sah bereits das Ortschild. Wir ahnten unseren Verfolger nicht. Er musste ohne Licht gefahren sein. Und ich war müde und wenig konzentriert. Aufgeblendetes Fernlicht, das in den Rückspiegeln reflektierte, nahm mir für einen Moment die Wahrnehmung. Zwei Schüsse schallten durch die Luft. Gleichzeitig schrie Anne auf. Es waren Sekundenbruchteile. Das Auto hinter uns rammte meinen Civic. Ich hatte das Lenkrad verrissen und der Honda raste die Böschung hinab.

An den Überschlag kann ich mich bis heute kaum noch erinnern. Es ging zu schnell. Ich weiß nicht, wie oft wir uns überschlugen. Blech knarzte, Glas splitterte.

Als mein Honda auf dem Dach liegen blieb, sah ich wie Anne in den Sicherheitsgurten hin. Sie war leblos, und die Stille war unheimlich.

„Verdammt, Anne!"

Sie bewegte sich nicht. Der Geruch von Benzin liess mich panisch werden. Flammen schossen hoch und Anne bewegte sich nicht. Ich löste den Gurt und zerrte an ihr. Sie konnte an der Wirbelsäule verletzt sein. Feuertod oder ein Leben im Rollstuhl, ich hatte keine Wahl.

Ich kroch durch die Fahrertür. Sie hatte sich geöffnet. Dann zerrte ich Anne hinter mir her. Der Civic brannte mehr und mehr, und die Flammen züngelten jetzt in den Innenraum. Immer noch zog ich Anne hinter mir her. Zwanzig Meter, dreißig Meter. Ich hörte die verängstigen Kühe, die auseinandergestoben waren, als sich der Honda auf ihrer Weide überschlug.

Die Explosion war nicht wuchtig, aber laut. Der Tank war explodiert. Lichter gingen in den Häusern am Ortseingang Dedenborns an, und die ersten Silhouetten bewegten sich auf uns zu.

„Ruft einen Rettungswagen!" schrie ich. „Und ich brauche eine Decke."

Anne atmete. Ich hatte sie in eine stabile Seitenlage gebracht. Ich fasste in ihren Mund, tastete nach ihrer Zunge, damit sie nicht erstickte.

Uwe war als erster bei uns. Er trug einen Morgenmantel und hatte sein Handy dabei. „Das Krankenhaus ist informiert", keuchte er. „Das sind von Simmerath zehn bis zwölf Minuten."

Karl-Heinz lief mit einem Feuerlöscher auf den Civic zu und versuchte, das Feuer zu besiegen. Es war vollkommen sinnlos. Seine Frau Gisela kam angelaufen. Sie rannte und stolperte mit einer Decke unter dem Arm. Ihre weit aufgerissenen Augen starrten auf Anne. „Ist sie, ist sie ... tot?"

„Nein, sie atmet. Sie ist ohnmächtig."

Ich sah keine Schusswunden an Annes Körper, kein Eintritt und kein Austritt einer Kugel. Das Blut stammte von Schürfungen, aber am linken Oberarm blutete sie heftiger.

Karl-Heinz hatte aufgegeben, den Honda zu löschen und versuchte seine Kühe zu beruhigen. Die verängstigten Tiere hatten das Loch im Zaun entdeckt, dass der Honda bei dem Überschlag gerissen hatte. Einige der Charolais-Rinder liefen über die Straße in den Ort.

Anne seufzte leise. Ihre Augenlider flatterten. „Bleib still liegen, bleib ganz ruhig. Spürst du deine Beine? Fühlst du das?" Ich kniff sie sanft in einen Oberschenkel.

„Ja", ächzte sie. „Mehr als mir lieb ist!"

Aus der Ferne hörten wir das Martinshorn. Ein Polizeifahrzeug folgte und zwei Beamte aus Simmerath stürmten auf uns zu. „Rufen Sie bitte Kommissar Welsch an. Ihr Kollege bei der Schleidener Polizei. Sie werden ihn zu Hause in Höfen erreichen."

Der Honda brannte aus. Als die Feuerwehr anrückte war das Skelett des kleinen Japaners in wenigen Minuten gelöscht.

Siebzehntes Kapitel

Es war neun, als ich das Krankenhaus verließ. Die letzten Stunden hatte ich an Annes Bett verbracht, die sich schnell erholte. Sie hatte eine Platzwunde am Kopf, zahllose Prellungen und einen Streifschuss am linken Oberarm davongetragen. So schlecht konnte es ihr nicht gehen, denn sie wollte das Krankenbett sofort verlassen.

„Sie bleiben 24 Stunden zur Beobachtung!" hatte Doktor Breuer entschieden. Anne fügte sich.

Meine Röntgenbilder beruhigten mich. Kein Bruch, keinerlei Haarrisse in den Knochen, heile Rippen. Nur mein Gesicht war eine enorme Umsatzsteigerung für die Hersteller von Mullbinden und Pflaster. Die Schürfungen an den Knien und Armen ignorierte ich.

Welsch war verspätet aufgetaucht. Er war von Höfen nach Simmerath gefahren und sah sich den Tatort erst später an. „Die Spuren können die Kollegen von der Kripo Aachen aufsammeln. Die geben mir später Bescheid. Soll ich dich nach Dedenborn fahren?" Ich verneinte.

Viel konnte ich nicht tun. Es muss ein viel größerer Horror sein, wenn ein Brand Haus und Hof zerstört. Mir reichte, dass mein Führerschein und mein Personalausweis in dem Honda verbrannt waren. Auch mein Handy war vermutlich nur noch ein Klumpen verbrannter Masse. Aber ich hatte mein

Geld noch. Meine Geldbörse hatte ich in der Gesäßtasche.

Meine Hose war verschmutzt, mein Hemd zerrissen. Der erste Weg führte mich in einen Jeans-Laden. Die Verkäuferin sah mich erschrocken an. Ich musste furchtbar aussehen. Die kaputten Klamotten entsorgte sie. Morgen würde der Überfall auf Anne und mich eh in der Zeitung stehen. Ich klärte die Verkäuferin auf. „Hab' isch schon von jehöhrt", kommentierte sie in waschechtem Eifeler Platt.

Ich machte meine unvermeidlichen Behördengänge in Sachen Personalausweis und Führerscheinersatz. Ein neues Handy kaufte ich im Phone-Shop Wesel, ein T630. Da es drei bis vier Tage dauernd würde, bis ich einen neuen Chip für das Handy erhielte, kaufte ich eine Prepaidkarte, um wenigstens telefonieren zu können und erreichbar zu sein.

Ein Taxi fuhr mich nach Rurberg. Ich musste jetzt endlich etwas Vernünftiges essen und ließ mich am *Paulushof* absetzen. Zuerst rief ich Christian von der *Rundschau*, dann Pete vom *Stadt-Anzeiger* an. Ich konnte mir an drei Fingern ausrechnen, dass beide bereits Bescheid wussten und hinter mir her telefonierten. Ich bestellte mir ein blutiges Steak in Monschauer Senfsoße, Kroketten und Broccoli.

Ich rief die Telefonauskunft an und ließ mich mit der Zentrale der Rheinklinik verbinden. Ich wurde zu Marianne durchgestellt.

„Belder?"

„Marianne, hier ist Alwin. Ich denke, ich werde heute nicht vorbeikommen können." Ich schilderte ihr knapp die Ereignisse und dass Anne angeschlagen, aber okay sei.

„Ich muss mir erst mal ein Auto besorgen", sagte ich.

Es gab eine kurze Pause. Marianne dachte nach.

„Du kannst mein Auto für ein paar Tage haben. Es steht in Gemünd. Ich werde meine Mutter anrufen, damit sie dir den Schlüssel gibt und dich in die Garage lässt."

Das Angebot erstaunte mich nicht, auch wenn ich es nicht darauf angelegt hatte. Marianne gab schon früher mehr als zu nehmen.

„Danke", sagte ich. „Was für ein Auto ist es?"

„Ein BMW 325i. Den Jaguar werde ich verkaufen. Nach Wolframs Tod möchte ich den Wagen nicht mehr." Sie weinte leise. „Übermorgen werde ich nach Gemünd kommen. Dann wird Wolfram beerdigt. Meine Eltern holen mich in Bad Honnef ab. Die Trauerfeierlichkeiten finden um 14 Uhr statt."
„Ich werde da sein."

„Der Auftrag von Wolfram läuft weiter. Ich möchte, dass du mich über alles auf dem laufenden hälst."

Marianne verabschiedete sich kurz, bevor sie der Schmerz wieder übermannte. Ich wählte erneut die Zentrale der Rheinklinik an und ließ mich mit Doktor Albrecht verbinden.

„Frau Belder ist bemerkenswert tapfer", meinte er. „Sie hat Sie übrigens nach dem Tod Ihres Mannes als Vertrauensperson für unsere Akte genannt."

Ich gab ihm die Handynummer, unter der ich vorübergehend erreichbar war.

Zuerst traf mein Steak ein, dann Christian und zwanzig Minuten später Pete.

„Du siehst, sorry, ziemlich beschissen aus", grinste Pete. Christian unterstrich es mit einem heftigen Nicken.

Ich sah beide an." Ihr wisst, dass Jana Kohlstock im Krankenhaus Schleiden liegt?"

Beide nickten.

„Und dass Anne im Simmerather Krankenhaus liegt?"

Sie nickten erneut. „Und dass einer der Täter Karl oder Karol heißen könnte. Das soll in die Presse laut Kommissar Welsch", sagte Pete.

„Kommissar Welsch war heute nicht sehr gesprächig", meinte Christian. Er blicke seinen

Kollegen Pete an. „Die indiskrete Berichterstattung im *Aachener Blick* macht uns seriösen Journalisten die Zusammenarbeit mit der Polizei nicht gerade einfach."

„Darum habe ich euch angerufen. Ich habe nach dem Überfall in dieser Nacht der Polizei angegeben, dass ich das Auto nicht erkannte habe, das uns gerammt hat. Ist auch so. Aber ich möchte euch bitten, dass ihr in eure Berichte schreibt, es wäre ein dunkler Mercedes gewesen, der Anne und mich von der Straße drängte."

Christian schüttelte den Kopf. „Warum sollten wir das tun? Du weißt nicht wirklich, dass es ein dunkler Benz war. Der Chefredakteur reißt mir nach der Panne mit dem Lada Niva den Kopf ab, wenn da etwas schiefgeht."

„Mein Boss auch", bestätigte Pete.

Ich sah beide an und zündete mir eine *Gauloises* an. Selbst ein Lungenzug erinnerte mich an meine Schmerzen. Die Prellungen am Brustkorb meldeten sich.

„Jungs, ich wette, dass es ein und dasselbe Auto ist, das Jana Kohlstock entführte. Und die Wucht, wie der uns gerammt hat, spricht für ein Schlachtschiff."

„Das könnte aber auch ein dicker Saab oder ein Volvo gewesen sein", war Christians Einwand.

„Das glaube ich nicht. Die sind zu selten und würden auffallen. Ein Benz ist deutsche Wertarbeit, die genug reiche Leutchen fahren."

Pete war noch nicht ganz überzeugt. „Und was bezweckst du damit?"

„Ich will die Schlinge enger ziehen. Es ist mittlerweile mehr als ein Auftrag. Marianne ist eine Jugendfreundin und Anne hat den Unfall mit Glück überlebt. Und mein Honda ist hin. Darum ist es jetzt *persönlich.*"

„Okay. Ich werde über den Benz schreiben, auch wenn ich kein gutes Gefühl dabei habe." Christian seufzte.

„Gut, ich nehme es ebenfalls in meinen Bericht auf", meinte Pete.

„Die Rechnung geht auf mich ", sagte ich. „Christian, kannst du mich nach Gemünd mitnehmen?"

Achtzehntes Kapitel

Ich ließ mich von Christian *Am Plan* absetzen. „Hast du vielleicht noch irgendwelche Informationen, die ich noch nicht kenne?" fragte er, als ich ausstieg.

Ich schüttelte den Kopf. *Journalisten*, dachte ich, *sind echt krass. Kaum ist Pete nicht mehr da, sucht Christian seinen kleinen Wissensvorteil.* So funktioniert wohl Pressearbeit. Ich mochte die beiden. Ich spazierte eine Viertelstunde, bis ich die Tränkelbachstrasse und Mariannes Haus erreichte. Ihre Eltern wohnten direkt gegenüber. Ich kannte das Haus noch aus Jugendtagen.

„Alwin, lass dich umarmen", begrüßte mich Frau Zeyen. Mariannes Mutter drückte mich. „Du hast dich kaum verändert. Naja, da sehe ich eine graue Strähne."

Sie lächelte. Frau Zeyen war älter geworden. Fast weißes Haar umrahmte ihr zartes Gesicht. Ihre Ähnlichkeit mit Marianne war verblüffend.

„Du willst den BMW holen. Ich habe die Autoschlüssel hier." Sie nahm einen Schlüssel von einer kleinen Kommode. „Ich habe eben mal nach dem Rechten gesehen und gleich die Schlüssel mitgenommen."

Wir gingen über die Straße, und ich kam nicht zu Wort. Frau Zeyen sprach von *früher* und von Wolfram. „Mein Mann ist mit Mäxchen nach Bad

Honnef zu Marianne gefahren. Ich bin heute hiergeblieben, um dir den BMW zu geben."

Ein elektrisches Rolltor ging langsam hoch. In der Doppelgarage standen Wolframs Jaguar und Mariannes 325i. Ein schwarzes Motorrad weckte mein Interesse. Die Geländemaschine war ein älteres Modell, aber sehr gepflegt.

„War Wolfram Motorradfahrer?"

„Nein", meinte Frau Zeyen. „Die Enduro gehört Marianne. Seit Max geboren ist, habe ich mich mit ihr unzählige Male gestritten. Ich finde Motorradfahren einfach zu gefährlich. Und mir wäre lieber, sie würde die KTM verkaufen."

Ich setze mich in den BMW und startete. Der Sechszylinder protzte vor Kraft. Heckantrieb und rund 200 Pferdestärken. Frau Zeyen klopfte auf das Autodach. Ich winkte zum Abschied.

Ich warf den CD-Player an. Der Sound war sagenhaft. Ich erkannte den Refrain sofort... *„I Just Died In Your Arms Tonight"* von Cutting Crew. Eine CD von Billy Idol lag auf dem Beifahrersitz. Das war *unsere* Musik in den 80er Jahren.

Ich hatte Anne versprochen, dass ich ihr eine Jeans und ein paar andere Klamotten in ihrer Wohnung hole. Ich bog an der Gemünder Kreuzung Richtung Mauel ab. Bis zur Maisbergstraße waren es knapp zwei Kilometer. Das kleine Haus hatte Anne gemietet. Den Ersatzschlüssel fand ich, wie sie beschrieben hatte, unter einem Stein am Gartenzaun. Ein Hausschlüssel und ein Kellerschlüssel baumelten an einem stabilen Ring. Da ich ohnehin hinter dem Haus war, entschied ich mich, durch den Keller in das Haus zu gehen.

Der Kellerschlüssel war überflüssig. Die Tür war ausgehebelt. Mein Herz raste, und ich zögerte einen Moment. Vielleicht sollte ich Welsch anrufen?

Nein, das ging auch ohne Welsch. Ich stand in der Waschküche und schlich in den nächsten Kellerraum. Marianne hatte Werkzeug ohne Ende, und ich bewaffnete mich mit einer Klempnerzange. Es war kein einziges Geräusch zu hören, und ich schlich die Kellertreppe hoch. Die Tür zum Flur war offen und die Verwüstung nicht zu übersehen. Eine umgeworfene Garderobe versperrte den Weg in das Wohnzimmer. Ich kletterte über das zertrümmerte Teil und vergaß meine Vorsicht. Das Wohnzimmer sah aus, als habe eine Bombe eingeschlagen. Eine Vitrine war kurz und klein geschlagen, das blaue Sofa war aufgeschlitzt, der Fernseher lag auf dem Boden und mindestens 250 Bücher waren aus den Regalen gerissen worden. LETZTE WARNUNG hatte der Vandale in roter Farbe über die Wand und Bilderrahmen gesprüht. Die Farbdose lag zwischen den Blumentöpfen, die auf dem Boden in tausend Scherben lagen. Ich griff nach dem Telefonhörer. Die Leitung war tot. Natürlich, der Einbrecher hatte auch die Leitung aus der Wand gerissen. Ich rief Welsch von meinem Handy an.

„Maisbergstraße? Dahin sind bereits zwei Kollegen unterwegs. Ein pfiffiger Nachbar hat beobachtet, wie jemand auf dem Grundstück von Anne herumschlich."

„Das war ich wohl", erwiderte ich.

„Wohl kaum. Der gute Mann hat eben ein zweites Mal angerufen und von einem zweiten Einbrecher gesprochen. Das war also du. Numero uno wäre vor zehn Minuten verschwunden. Wir dachten, der spinnt! Klang alles recht wirr."

Verdammt! Ich hatte den Einbrecher um wenige Minuten verpasst.

Ein Polizeiwagen traf ein. Die Sirene hatten sie wohl abgestellt, nachdem Welsch sie informiert hatte. Manthey, den ich bereits kannte und ein Kollege, den er mir als *Nellessen* vorstellte, stiegen aus. Im Garten gegenüber stand ein Mann, der mit Sicherheit auf die achtzig zuging.

Er winkte und rief: „Ich habe angerufen, meine Herren."

Manthey nickte ihm freundlich zu: „Ich komme gleich zu Ihnen."

Die Polizisten gingen in die Wohnung. Es gab keinen

Grund für die beiden, vorsichtig zu sein. Der Nachbar hatte ja gemeldet, der erste Eindringling sei wieder verschwunden.

Ich ging zu dem Senior, der mich argwöhnisch betrachtete. „Keine Sorge, ich bin ein Kollege von der Anne. Frau Vartan, Ihre Nachbarin, liegt im Krankenhaus, und ich wollte ihr ein paar Kleider holen."

Sein Gesichtsausdruck veränderte sich. „Ja, jetzt erkenne ich Sie! Sie sind ja hier manchmal zu Besuch. Aber da kamen Sie mit einem anderen Auto. Mit so einem Japaner, der unsere deutschen Arbeitsplätze kaputtmacht."

Ich nickte unverbindlich. Warum sollte ich mit dem alten Mann diskutieren? „Schreer", stellte ich mich vor und reichte ihm die Hand. „Joseph Gerling", antwortete er. „Und der BMW da, der gefällt mir viel besser."

Ich überhörte es und fragte: „Können Sie den Einbrecher beschreiben, oder ist Ihnen etwas Besonderes aufgefallen. Herr Gerling?"

Er überlegte kurz: „Ich habe mich nur gewundert, dass der Mann sich dauernd umdrehte. Wie einer, der Angst hat gesehen zu werden. Der hatte Turnschuhe an. Und dunkle Kleidung." Er musterte mich. „Und er war höchstens so alt wie Sie."

„Wie alt bin ich denn?"

„Knapp vierzig?" riet er.

„Gut geraten", grinste ich.

„Vielleicht war er auch jünger. Meine Augen sind nicht mehr die besten. Aber das ist noch nicht alles", triumphierte der Alte. „Der Einbrecher ist zur Hauptstraße gelaufen und ist in ein wartendes Auto gestiegen. So einer wie eben der da." Er deutete auf Mariannes BMW. „Ich bin mir ganz sicher, weil mein Schwiegersohn auch so einen hat. Und ich glaube, er hatte ein Aachener Kennzeichen."

Ich verabschiedete mich von Joseph Gerling. Welsch bog in die Maisbergstraße ein. Ich berichtete von dem BMW mit Aachener Kennzeichen. Welsch rief seine Kollegen an.

„Wir suchen einen BMW mit Aachener Kennzeichen. Passt auf, Jungs, vielleicht sind die Insassen bewaffnet." Er stieg aus und deutete auf Annes Haus. „Ich mache mir erst einmal ein eigenes Bild."

Nach fünf Minuten kam Welsch zurück. Ich hatte keine Lust gehabt, noch einmal dieses Chaos zu betreten. Manthey und Nellessen folgten ihm, und Manthey ging zu Joseph Gerling.

„Die Botschaft an der Wohnzimmerwand ist ja wohl ganz eindeutig", schnaubte Welsch. „Diese Lumpen wissen anscheinend, dass Anne und du überlebt habt."

„Ich muss doch noch mal rein, Klamotten für Anne packen."

„Vergiss es", murmelte Welsch. „Ich war auch in der ersten Etage. Das Schlafzimmer sieht noch schlimmer aus als das Wohnzimmer. Und dieser Drecksack hat sich nicht nehmen lassen, demonstrativ alle Slips und BHs von Anne zu zerfetzen. Ich werde mal die Kollegen in Simmerath anrufen, dass sie nach deinem Haus schauen. Vielleicht sind sie ja dort auch eingestiegen."

So ein krankes Hirn, dachte ich. *Mord, Vergewaltigung, Autojagden und jetzt auch noch Vandalismus.*

„Kauf für Anne was Schönes. Größe sechsunddreißig."

„Wie bitte?"

„Kleidergröße sechsunddreißig. Meine Frau hatte früher auch so eine hinreißende Figur. Bis es uns beiden zu gut schmeckte."

Neunzehntes Kapitel

Annes Begeisterung über meine Kleidereinkäufe hielten sich in Grenzen. Die zwei Blusen gefielen ihr nicht, aber die Jeans passte perfekt. Die Unterwäsche würde keinen Dessous-Wettbewerb gewinnen, Schuhe konnten wir in Simmerath kaufen.

„Nach dem Einbruch in dein Haus bleibst du besser erst mal bei mir in Dedenborn."

Anne nickte und war halbwegs gefasst. Meine Beschreibung, wie es in ihrem Haus aussah, warf sie nicht um und sie meinte: „Jetzt ist es für mich auch eine *persönliche* Angelegenheit. Ich bin wenigstens versichert. Aber warst du schon in deiner Wohnung in Dedenborn? Vielleicht sind die da auch eingebrochen."

Ich verneinte. „Welsch hat eine Streife vorbeigeschickt. Eben war noch alles ruhig."

Anne ließ nach dem Arzt rufen. Einige Minuten später trat Doktor Breuer ein, begrüßte mich und musterte Anne, die abreisebereit war. „Sie machen ja einen ganz frischen Eindruck, Frau Vartan. Wenn Sie das Krankenhaus jetzt schon verlassen wollen, müssen Sie mir bitte unterschreiben, dass es gegen meinen Willen ist. Eine Formalie."

Wir folgten dem Arzt in das Schwesternzimmer. Er druckte einige Formulare aus und bekam seine gewünschten Unterschriften. Wir verabschiedeten uns von Doktor Breuer.

„Viel Glück!" rief er uns nach.

Anne und ich standen vor dem Krankenhaus. „Wohin zuerst?" fragte ich.

„Schuhe kaufen", entschied sie. „Und dann fahren wir in den *REWE*, um deinen leeren Kühlschrank aufzumöbeln."

Anne entschied sich für ein paar Laufschuhe und kaufte zudem ein Paar schwarze Lackschuhe. „Für die Beerdigung", sagte sie. „Und ich brauche auch noch schwarze Klamotten."

Sie pfiff leise, als sie den 325i entdeckte, den Marianne mir geliehen hatte. „Wow! Ein schickes Coupé."

„Ja, und er fährt sich super. Nur an den Heckantrieb muss ich mich gewöhnen."

Wir luden Annes Einkäufe ein und fuhren zum *REWE.* Anne lachte laut auf, als ich zunächst zum Gemüsestand ging und einen Bund Möhren einpackte.

„Für Ekkehard?" lachte sie.

„Für Ekkehard. Und für seine Eselfreundin Rosi."

Wir fuhren nach Dedenborn und parkten seitlich von Ekkehards und Rosis Wiese. Die beiden Esel kamen vorsichtiger als üblich auf uns zu. Die Tiere waren nervös und unruhig.

„Was ist denn los?" sprach ich sanft auf Ekkehard ein. Er blökte. Rosi blieb hinter ihrem vierbeinigen Freund stehen.

„Du kannst mich für verrückt halten, aber ich habe das Gefühl, die beiden wollen uns etwas sagen." Ich sah Anne an.

„Also, manchmal spinnst du", schmunzelte Anne.

„Vielleicht hatten die beiden ja Streit und du sollst Partnerberatung betreiben. Spezialist für Eselpaare."

„Warte!"

Ich lief über die Straße und inspizierte mein Haus. Ein Blick durch das Fenster in mein Büro war mehr als deutlich. Regale waren umgestürzt, Papier flog durch das ganze Zimmer und einer der beiden PC's lag auf dem Boden.

„Sie waren hier", rief ich Anne zu und schloss die Haustür auf. Ein Fausthieb traf mich mitten ins Gesicht. Ein Schatten wollte sich an mir vorbeidrängen und schlug erneut zu. Er hechtete über meinen zusammengekrümmten Körper. Am Ausgang schlug er zu Boden. Anne hatte ihm ganz schlicht ein Bein gestellt, warf sich auf ihn und verdrehte ihm einen Arm. Ich griff in eine Kommode und erwischte meine Gaspistole.

„Bleib liegen, Freundchen!" keuchte ich. „Einfach nur liegen bleiben."

In der Ferne sahen wir einen dunkelblauen BMW, wie Gerling ihn beschrieben hatte, davonjagen. Es war ein 3er Coupé, ähnlich wie Mariannes 325i. Anne lief in das verwüstete Arbeitszimmer und entdeckte eine Rolle breites Klebeband. Sie schnappte es und schnürte unseren Einbrecher zu einem hilflosen Paket zusammen.

Ich stieß Mister Unbekannt vor mir her ins Wohnzimmer. Offenbar hatten wir ihn bei seiner Arbeit gestört. Ein paar Blumenkübel lagen auf dem Boden, der Wohnzimmertisch war umgeworfen.

„Setzen!" befahl ich und rief Welsch an.

Der Kommissar klang gereizt, als er sich meldete und wurde dann sofort hellhörig. „Wir haben einen der Typen erwischt. In meiner Wohnung. Und da ist ein dunkelblauer 3er BMW abgehauen. Richtung Hammer, Widdau oder Simmerath."

„Ich sage den Kollegen in Simmerath Bescheid und bin gleich bei dir."

Welsch legte auf.

„Bitte lächeln", tönte Anne. Das verklebte Bündel sah Anne verblüfft an. Es blitzte kurz auf.

„Was soll das?" raunte ich Anne zu.

„Bis die Bullen in die Gänge kommen, haben wir Weihnachten. Ich drucke das Foto gleich aus. Wir sollten es Jana Kohlstock zeigen. Vielleicht ist es ja der Typ, der die hässlichen Hemden bei ihr gekauft hat", flüsterte sie.

„Einer der beiden PCs steht noch, und den Drucker hat er auch nicht zerstört." Anne verschwand im Arbeitszimmer.

Von Simmerath bis Dedenborn brauchte die Polizeistreife gut zehn Minuten. Welsch würde in zwanzig Minuten hier sein. Anne kam ins Wohnzimmer und wedelte mit einem Foto.

„Perfekt!" rief sie." Ich fahre jetzt zum Krankenhaus nach Schleiden und zeige Jana Kohlstock das Bild."

Den Schlüssel ihres Honda Accord nahm sie von der Kommode in der Diele. Daneben lag ihr Handy, das sie vor dem nächtlichen Überfall hatte liegen lassen.

Ein Polizeiwagen hielt vor meinem Haus. Anne hatte die Tür angelehnt gelassen und neugierige Nachbarn überlegten, ob sie hereinkommen sollten oder nicht.

„Machen Sie bitte Platz", hörte ich einen der Polizisten sagen. „Sie behindern die Ermittlungen."

Er stellte sich als *Theissen* vor, sein Kollege hörte auf den Namen *Golbach*. Er sah aus, als habe er die Polizeischule frisch verlassen. Theissen betrachtete das gut verklebte Bündel. „Eine Schere, bitte", sagte er zu mir und ersetzte das Klebeband an den Handknöcheln des Unbekannten durch Handschellen.

„Dora 8 an Dora 2", hörte ich aus dem Funkgerät, das Golbach in der Hand hielt.

„Hier Dora 2", antwortete er. „Was gibt es?"

„Wir haben den flüchtenden BMW zwischen Widdau und Höfen einkassiert. Kam uns entgegen und wollte drehen." Ein kurzes Rauschen unterbrach die Verbindung. „Hat sich im Graben festgefahren und wollte zu Fuß flüchten. Wir haben ihn dann festgenommen."
Die Schlinge wird noch enger, dachte ich. Welsch traf ein und nickte zufrieden.

„Anne hat den Typ fotografiert und ist zu Jana Kohlstock ins Krankenhaus nach Schleiden gefahren. Ob das der Hemdenkäufer war, will sie fragen."

Ich dachte, Welsch würde platzen. Er besann sich und meinte: „Na gut. Das ist eigentlich der Job der

Polizei, aber die Idee ist okay."

„Kleiner Dienstweg!", grinste ich.

Das Telefon klingelte. Im Display erkannte ich Annes Handynummer. Ich hörte kurz zu und legte auf.

„Die Kohlstock hat den Mann auf dem Foto erkannt. Er ist tatsächlich der Hemdenkäufer." Ich grinste Welsch an: „Darf ich die Presse informieren?"

„Mach das! Nett, dass du wenigstens fragst", meinte er ironisch. Ich telefonierte mit Christian und Pete, danach rief ich Pierre vom *Grenz-Echo* an.

Theissen und Golbach führten den Einbrecher und mutmaßlichen Hemdenkäufer ab. Welsch wuchtete meinen schweren Marmortisch auf die Beine und fragte nach einer Zigarette. Meine Nachbarn hörten wir immer noch lautstark auf der Straße diskutieren. Ekkehard und Rosi blökten aufgeregt dazwischen.

Welsch philosophierte. „Angefangen hat alles mit den Vergewaltigungen, aber da steckt noch viel mehr dahinter. Das ist eine ganze Bande! Vergewaltigen tut offenbar nur einer. Die DNA-Spuren lassen immer auf ein und dieselbe Person schließen."

„Alles schön und gut!" unterbrach ich ihn. „Aber eine Bande heckt auch irgendwas aus. Da sind wir keinen einzigen Schritt weiter."

„Banküberfälle, das wüssten wir. Oder sie nutzen die Eifel als Zentrale, um auszuschwärmen. Und sie fahren teure und schnelle Autos wie den Mercedes, mit dem sie Jana Kohlstock entführten. Oder wie den BMW, den wir eben einkassierten. Wir wissen allerdings von den belgischen Kollegen aus Lüttich und Eupen, dass in den letzten Monaten vermehrt diese beiden Automarken dort gestohlen wurden. Ferner luxuriöse Alfa Romeo und ein Lexus. Hatte ich vorher nie gehört. Ist eine japanische Nobelmarke. Der wurde dem Bürgermeister Eupens gestohlen."

„Und der Lada Niva?" wandte ich ein.

„Ja, diese Blechbüchse passt nicht wirklich. Der Lada ist ein reines Nutzfahrzeug, geländegängig und absolut spartanisch. Wir haben übrigens festgestellt, dass die Fahrgestellnummer in Deutschland nicht registriert ist."

Zwanzigstes Kapitel

Die Nacht war ruhig. Anne schlief im Gästezimmer und war zufrieden. Wir waren einen Schritt weiter. Welsch war noch bis 22 Uhr geblieben. Ich hatte ihn noch nach der Waffe gefragt, die Wolfram Belder bei sich trug, als er im Müsgesauel erschlagen wurde.

„Wir haben Marianne Belder auf die nicht registrierte Beretta angesprochen", hatte Welsch erzählt. „Sie wusste angeblich nichts zu der Waffe zu sagen, aber so recht glaube ich ihr nicht. Aber es hat mal Ärger gegeben. Wolfram sei ein Waffennarr gewesen. Und vor ein paar Jahren hatte der Schützenverein Gemünd ihn rausgeworfen, weil er in Sachen Waffen zu fanatisch war."

Wir waren mit Welsch am nächsten Tag um zehn verabredet. Er führte Anne und mich in ein Zimmer, in dem der Einbrecher des gestrigen Abends saß. Er trug Handschellen.

„Fritzchen", begann Welsch, „will nicht reden."

„Fritzchen?"

Anne und ich konnten uns ein Grinsen nicht verkneifen.

„Wir haben ihn so getauft, bis er uns seinen Namen nennt. Er hat so eine Visage wie dieses Mainzelmännchen aus der Werbung."
Ich setzte mich gegenüber des Fritzchens, Welsch

lehnte an der Tür und Anne hockte sich auf die Tischkante.

„Ich bin sicher, Fritzchen, das Wort Zigarette verstehst du ganz sicher", und zündete mir eine Kippe an. Ich hielt ihm die Packung hin.

„Siehst du, mein Lieber, geht doch! Hat der Herr Kommissar dich zu hart angepackt?" Ich grinste Welsch an: „Du hättest ihm eine Zigarette anbieten sollen."

Fritzchen sog den Rauch tief ein und schaute in die Runde.

„Jana Kohlstock hat dich erkannt. Du bist der Typ, der die Flanellhemden bei ihr im Dutzend gekauft hat", begann Anne. „Und du bist den Lada Niva gefahren."

Fritzchen schwieg und Welsch platzte der Kragen.

„Mein lieber Freund", polterte er. „Wir haben deine Fingerabdrücke in dem Lada gefunden. Du deckst einen Mörder, der sich auch noch an Frauen vergreift! Und du sitzt verdammt tief in der Scheiße."

Fritzchen sah ihn an. „Ich möchte bitte zurück in meine Zelle." Sein Deutsch war holprig, aber klar.

Welsch rief nach Breinig. „Bring ihn weg. Und die Zigaretten nimmt er nicht mit!"

Welsch setzte sich auf den Stuhl, den Fritzchen freigemacht hatte. Er schwitzte wieder aus allen Poren und schnorrte eine Zigarette.

„Mit Vanillegeschmack", grinste sie. „Das ist die Marke, von der die Polizei auch Kippen mit Lippenstift im Lada fand."

Welsch schnüffelte an der Zigarette und zündete sie an.

„Klasse!" schnaubte er. Dann fing er sich und begann: „Den Fahrer im BMW haben wir identifiziert. Der ist in Belgien, Luxemburg und Deutschland bestens bekannt. Jacques Schüler, 28, vorbestraft wegen Autodiebstahl und Drogenhandel. Er wurde vor ein paar Monaten aus dem Gefängnis entlassen. Den französischen Vornamen hat er, weil seine Mutter aus Belgien stammt. Aber Schüler schweigt sich auch zu Tode."

Welsch zog wieder an seiner Zigarette und schien für einen Moment seinen Kummer zu vergessen.

„Was können wir ihm vorwerfen?" fragte ich. „Er ist bisher anscheinend nur als Fahrer aufgetreten"

„Autodiebstahl", antwortete Welsch. „Der BMW war geklaut. Und Schüler hat gute Kontakte. Ein Rechtsanwalt Schrempf aus Köln hat sich bereits gemeldet. Das ist ein scharfer Hund, der jedem Polizisten, der so einen Gauner erwischt hat, das Wort im Mund umdreht. Wenn jemand einen

Verfahrensfehler entdeckt, dann ist es dieser verdammte Schrempf!"

Welsch machte eine Pause. „Und ich habe im Moment tierisch Ärger, weil ich mit dir und Anne kooperiere. Ich darf doch *Anne* sagen? Ich muss deswegen einen Bericht an meine vorgesetzte Stelle schreiben und mein Handeln begründen."

„Konsequenzen?"

„Ach was!" brauste Welsch auf. „Aber ich habe keine Zeit und keine Nerven, stundenlange Stellungnahmen zu schreiben."

Anne und ich verschwanden in das Schleidener Bistro und bestellten Kaffee. Ich nahm mein Handy und rief Marianne in Bad Honnef an.

„Alles in Ordnung?" fragte ich.

„Ja", antwortete sie. „Können wir uns morgen nach der Beerdigung kurz sehen? Gegen 17 Uhr? Ich würde dich zu Hause erwarten."

„Ich kann auch nachher in Bad Honnef vorbeikommen."

„Nein, lass mal. Mein Schwager kommt heute vorbei und will sich mit mir aussprechen. Erwin hat sich tausendmal am Telefon entschuldigt, dass er so ausgerastet ist."

Ich verabschiedete mich und sah Marianne vor meinen Augen. Schlank, dunkelhaarig, traurig. Ich redete mir ein, dass ich nichts für sie empfinde und belog mich selbst. Anne ahnte meine Gedanken.

„Marianne braucht jetzt den Freund in dir."

„Wenn du wüsstest, was in mir vorgeht, Anne. Es ist der falscheste aller Momente. Wolfram ist tot, und ich bete eine Frau an, die mitten in der Trauer und traumatisiert von einer Vergewaltigung ist."

„Eben drum", antwortete Anne. „Jedes Gefühl, das über Freundschaft hinausgeht, wird Marianne unter Druck setzen. Sie braucht einen lieben Freund. Mehr nicht."

„Das Schwein, dass Marianne das angetan hat... er sollte beten, dass Welsch ihn vor mir findet. Ich könnte ihm den Hals umdrehen."

Anne wurde fahrig. „Alwin, als ich wie auch du sagte, dass es *persönlich* wird, da ging es nur um meine zertrümmerte Wohnung. Was Marianne geschah, ist millionenfach schlimmer. Aber wir sind private Ermittler und keine Richter und Henker. Wo ist deine alte Professionalität?"

„Tut mir leid", sagte ich. „Aber ich jage diesen Typ nicht mehr, weil ich einen Auftrag habe. Ich tu' es für Marianne. Und auch für unsere Dedenbornerin Alina. Vergewaltigungsopfer plötzlich persönlich zu kennen ist anders, als nur davon in der Zeitung zu lesen."

Anne sah mich gnädig an. „Kann ich verstehen. Der Nachmittag ist noch lang. Wir fahren jetzt ins Wildfreigehege Hellenthal und knutschen das Muffelwild. Du brauchst ein wenig Ablenkung."

Sie hatte Recht. Wir zahlten und fuhren nach Hellenthal. Ein paar Stunden Ablenkung würde uns beiden guttun. Tiere sind die besten Freunde der Menschen, und ich freute mich schon am Eingang des Wildfreigeheges auf die Hängebauchschweine, Luchse, Waschbären, Greifvögel und natürlich auf das Muffelwild.

Einundzwanzigstes Kapitel

Wolframs Beerdigung war von Sonnenschein und Temperaturen über 30 Grad Celsius begleitet. Die Menschenmengen erstaunten mich. Ganz Gemünd, Nierfeld und Schleiden war offenbar auf den Beinen, um Abschied von Wolfram zu nehmen.

Ich hielt mich mit Christian, Pete und Anne im Hintergrund. Welsch stand in unserer Nähe. Marianne stand weinend vor dem Erdloch, in das der Eichensarg gleich verschwinden würde. Der kleine Max klammerte sich an Marianne, und ich erkannte Erwin Belder, der dem Jungen über den Kopf streichelte. Ich sah auch Mariannes Eltern. Ein anderes Paar interpretierte ich als Vater und Mutter von Wolfram und Erwin.

„Ich schwitze mich zu Tode", flüsterte Pete. „Diese Affenhitze und die schwarzen Klamotten geben mir den Rest."

Wir schwitzten alle, und ich beneidete Anne, deren Kleid auch schwarz war, aber leicht und luftig auf ihrer Haut lag.

Die Trauergemeinde zog schweigend zum Abschied an Wolframs offenes Grab vorbei. Ich erkannte den Schleidener Bürgermeister und den Landrat. Und ich sah Tatjana Gentges, die den Überfall im Müsgesauel ohne Wolframs Auftauchen vielleicht nicht überlebt hätte.

„Irgendwie ist es makaber, dass der Mord an Belder weniger als fünfzig Meter von hier geschah", raunte Christian. „Ich fühle mich ziemlich unwohl."

Marianne, der kleine Max und die nahen Verwandten standen jetzt abseits vom Grab und nahmen die Beileidsbekundungen entgegen. Max kuschelte sich immer noch an seine Mutter.

„Da hinten", Christian nickte zum Wald. „Da ist Westermann."

„Westermann?" fragte ich.

„Das ist der Kollege vom *Aachener Blick*. Der Typ, der Jana Kohlstock und dich mit seinem Bericht so reingeritten hat. Jetzt will er wohl eine neue Story. Der hat mindestens ein 600er Teleobjektiv auf der Kamera."

Ich gab Welsch ein Zeichen und ging zu ihm. Er folgte meinem Blick zum Wald und entdeckte Westermann. Er nickte mir zu und folgte mir ruhigen Schrittes. Wir verließen das Friedhofsgelände.

„Hallo, die Herren", murmelte Westermann vom *Aachener Blick*. „Ich scheine der einzige Journalist hier zu sein."

„Du bist kein Journalist, du bist ein Schmierfink", fuhr ich ihn an. „Hermes und Becker sind sehr wohl hier, aber nicht so fotogeil wie du verdammter Vollpfosten!"

Er murmelte etwas von Pressefreiheit und wollte den Rücktritt antreten.

„Wie viele Fotos hast du gemacht, du Drecksack? Wie viele?" Ich musste mich bremsen.

„Welsch, du musst doch sicher mal pinkeln gehen."

„Klar doch", antwortete mir der Kommissar und verstand sofort. Welsch verschwand in den Büschen.

Als er uns nicht mehr sehen konnte, forderte ich: „Die Kamera, Westermann, gib sie her!"

„Ich denke nicht daran!" schimpfte Westermann.

Meine erste Ohrfeige traf ihn, und eine zweite konnte ich mir nicht verkneifen.

„Die Kamera her!" forderte ich erneut. Es war eine digitale Spiegelreflexkamera, eine Nikon. Ich öffnete einen Schacht und zog einen Chip heraus. „Aha, 256 Megabyte. Den nehme ich mit und lösche ihn zu Hause. Du kriegst ihn mit der Post zurück. Gebühr zahlt Empfänger!"

Westermann wollte protestieren und fing sich noch eine Ohrfeige ein. „Wo ist der Knopf, um den internen Speicher zu löschen?"

Der Journalist deutete auf einen Schalter. Ich klickte mich durch das Programm der Kamera. Als die Frage *Internen Speicher wirklich löschen?* im Display erschien, bejahte ich.

Ich warf Westermann seine Kamera zu.

„Welsch, du hast lange genug gepinkelt", rief ich. „Herr Westermann und ich haben eine gütliche Einigung gefunden."

Marianne hatte Recht behalten, als sie vor ein paar Tagen im *Café Nottebrock* meinte, wir privaten Ermittler hätten andere Mittel und Wege als die Polizei. Westermann trollte sich.

Gegen 17 Uhr fuhr ich zu Marianne. Der obligatorische Beerdigungskuchen war sicher noch voll im Gange.

„Komm herein", sagte sie und gab mir einen flüchtigen Kuss auf die Wange.

„Ich habe mir den Kaffee und Kuchen erspart", sagte ich. „Das ist für mich das Übelste an Beerdigungen."

„Darum bin ich nach einer Stunde auch geflüchtet. Max ist noch mit seinen Großeltern geblieben."

„Schade", sagte ich. „Ich möchte Max gerne kennen lernen."

„Bald", lächelte sie. „Er wird dir gefallen. Und du ihm auch."

Marianne führte mich in ein großes Wohnzimmer.

Die Schrankwand war modern und in Buche gehalten. Die blaue Ledergarnitur traf meinen Geschmack. Marianne deutete mir mit einer Geste an, Platz zu nehmen. Sie verschwand für einen Augenblick und brachte uns Kaffee.

„Oder willst du lieber Tee oder Mineralwasser?" fragte sie. Ich verneinte.

Mariannes Hand war vollkommen ruhig, als sie den Kaffee einschüttete. Sie schien meine Gedanken lesen zu können. „Ich nehme ein leichtes Beruhigungsmittel", sagte sie. „Ohne bin ich im Moment zu flattrig."

Sie setzte sich in einen Sessel und kreuzte die Beine.

„Wir haben wenigstens kleine Erfolge", begann ich.

„Zwei Männer aus dem Umfeld von dem Kerl, den wir suchen, sind der Polizei ins Netz gegangen."

Marianne staunte. „Wann war das?" fragte sie.

„Gestern. Einen hat die Simmerather Polizei hinter Widdau gestellt. Der andere machte sich in meiner Wohnung zu schaffen. Anne hat ihn überrumpelt."

Marianne stand auf und öffnete eine Schublade. Als sie sich wieder setzte, erkannte ich ein blaues Scheckbuch von der Volksbank. Sie zog einen Scheck aus dem Etui und schrieb.

„Ich möchte, dass du weiter machst", sagte sie.

„Marianne, das tu' ich sowieso, und ich will dein Geld nicht."

„Darüber werde ich nicht mit dir streiten", erwiderte Marianne bestimmt. „Du kannst den BMW noch einige Tage behalten, bis du ein anderes Auto gefunden hast. Und über den Scheck wird nicht diskutiert."

Sie schob ihn mir über den Wohnzimmertisch. Marianne hatte den Scheck auf 3.000 Euro ausgestellt.

„Ich habe zwei Dinge, die mich am Leben erhalten. Mein Sohn Max und der Wunsch, dass mein Vergewaltiger und der Mörder von Wolfram lebenslänglich hinter Gittern verschwindet und dort verreckt. Und, Alwin, ich habe noch einen dritten Wunsch." Sie lächelte. „Ich möchte, dass du mir ein wertvoller Freund bleibst."

Ich lächelte zurück: „Das wünsche ich mir auch."

Es war kurz nach 18 Uhr als ich mich von Marianne verabschiedete. Ich fuhr zurück nach Dedenborn und Anne erwartete mich bereits. Sie hatte begonnen, das demolierte Arbeitszimmer wieder in Schuss zu bringen. Ich schaltete den PC, der Fritzchens Vandalismus überlebt hatte, an und las den Chip von Westermann über den Kartenleser ein.

„Dieser kleine Sack!" sagte ich. „Wenn ich ihm den Speicher nicht weggenommen hätte, wäre der kleine Max morgen wohl auf dem Titelblatt vom *Aachener Blick*."

Anne sah mir über die Schulter und schüttelte fassungslos den Kopf. Max war gestochen scharf getroffen. Pressefreiheit hin oder her. Es widerte mich an, wie der kleine Mann die Auflage von diesem Schundblatt hochtreiben sollte. Max übergroß auf Seite eins! Das hätte noch gefehlt. Die übrigen Bilder zeigten Marianne, und wie der Sarg in die Erde gelassen wurde. Westermann hatte mehr als achtzig Bilder geschossen. Ich löschte den Chip und adressierte einen Briefumschlag an die Adresse vom *Aachener Blick*, zu Händen Westermann. Die Anrede *Herr* sparte ich mir.

Zweiundzwanzigstes Kapitel

Es klingelte Sturm an meiner Haustür. Anne lag noch im Bett, ich war schon auf. Als ich öffnete, sah ich in das Gesicht von Karl-Heinz, unserem Charolais-Züchter in Dedenborn. Von der Wiese gegenüber begrüßten mich Ekkehard und Rosi fröhlich.

„Der Landfunk ist schnell", meinte Karl-Heinz, den ich ins Wohnzimmer führte. „Haste mal'n Bier?"

Ich holte Karl-Heinz ein kaltes Bier. *Um die Uhrzeit schon Bier* dachte ich verblüfft und schaute auf die Uhr. Es war kurz nach acht.

„Was hat der Landfunk denn zu melden?" fragte ich.

„Mein Kumpel Paul hat eine Wiese zwischen Imgenbroich und Roetgen. Der wollte mit dem Traktor dahin."

Karl-Heinz nahm einen tiefen Schluck und schnorrte eine Zigarette. Ich bot ihm eine *Peter Heinrichs* mit Vanillearoma an. Anne hatte die Packung auf dem Wohnzimmertisch liegen lassen.

„Nun mach' es nicht so spannend", sagte ich.

„Na, jedenfalls stand da ein schwarzer Mercedes. Mitten auf dem Feldweg! Paul ist ausgestiegen und hat sich die Karre angeschaut. Und vorn ist der Mercedes beschädigt. Da hat er mich angerufen. Der wusste ja, dass du von der Straße gerammt worden bist und wir Nachbarn sind. Und in der Zeitung stand, dass es vielleicht ein Mercedes war."

„Was macht Paul jetzt?"

„Der steht noch da und wartet, dass ich anrufe."

„Dann tu' das bitte", sagte ich und deutete auf das Telefon. „Er soll warten und nichts anfassen."

„Was ist denn mit der Polizei?" fragte Karl-Heinz.

„Die rufe ich von unterwegs an. Ich brauche einen kleinen Vorsprung, weil ich mir den Mercedes als Erster anschauen möchte. Das ist gut für mein Ego."

„Kann ich mit?" fragte Karl-Heinz. Ich nickte. Er wäre zehn Jahre beleidigt gewesen, wenn ich ihn für seinen Tipp nicht belohnt hätte.

Anne kam die Treppe herunter und hatte sich eine Jeans und ein T-Shirt übergezogen. Karl-Heinz bekam Stielaugen.

„Kumpel, du bist über fünfundzwanzig Jahre mit deiner Gisela verheiratet", grinste ich. „Und Anne hasst es, so angestiert zu werden."

Anne packte die Digitalkamera ein, ich schlug Karl-Heinz zum Aufbruch auf die Schulter. Wir nahmen Annes *Accord* und fuhren die Straße Richtung Hammer. Kurz vor Imgenbroich rief ich Welsch an.

„Karl-Heinz hat mir einen Tipp gegeben", sagte ich. „Nein, er heißt Karl-Heinz und nicht Paul-Heinz. Ja, er ist ein Nachbar. Sein Kumpel hat einen Mercedes auf einer Wiese entdeckt."

Ich beschrieb Welsch den Weg, und er versprach, seine Simmerather Kollegen zu informieren.

„Der Bürgermeister ist hier", sagte er. „Ich kann nicht kommen. Aber halte mich bitte auf dem neuesten Stand."

Wir bogen in den Feldweg ein, und ich war froh, dass wir nicht den tiefergelegten 325i von Marianne genommen hatten. Selbst Annes Honda setzte immer wieder auf. Paul erwartete uns und winkte. Sein Traktor, ein alter Deutz, der poliert wie ein Ferrari aus Schumis Privatgarage in der Sonne glänzte, stand hinter dem Mercedes. Ich kannte ihn flüchtig, und er begrüßte Anne und mich mit Handschlag.

„Ich musste direkt an dich denken", meinte er. „Vor allem, nachdem ich die kaputte Stoßstange entdeckt habe."

Anne fotografierte den defekten Stoßfänger.

„Da sind silberne Partikel", rief sie. „Genau die Farbe von deinem Civic."

Möge der kleine Honda im Autohimmel einen besonders guten Platz erhalten, dachte ich.

„War die Fahrertür schon offen, oder warst du das?" fragte ich Paul.

„Nix hab' ich angefasst!" entrüstete er sich und grinste. „*Tatort*-Schauer seit 30 Jahren."

Der Zündschlüssel steckte. Alle Armaturen leuchteten noch auf. Ich bemühte mich, nichts zu berühren, was ich nicht berühren musste und sah auf die Tankanzeige.

„Der Bursche hat den Mercedes trockengefahren und in den Feldweg rollen lassen. Die Tankanzeige ist auf Null," rief ich.

Ich entdeckte den Schalter, der den Kofferraum öffnete und zog ihn. Sanfte öffnete sich die Kofferraumklappe.

„Um Gottes Willen!" schrie Karl Heinz, der hinter dem Mercedes stand. „Da drin liegt einer."

Wie sahen eine männliche Leiche. Zusammengeschnürt und leblos. Anne fühlte seinen Puls und meinte: „Der lebt nicht mehr."
Der Gestank war unerträglich. Nach der Leichenstarre hatten sich Blase und Darm entleert. Der Tote, so schätzte ich, war sechzig bis fünfundsechzig Jahre alt. Er hatte graue Haare und sanfte Gesichtszüge. Er war schmächtig. Die Würgemale an seinem Hals waren nicht zu übersehen. Mit leeren Augen starrte der Tote uns an.

„Bitte mach ein paar Fotos", sagte ich zu Anne. „Ich habe da so eine Ahnung."

Anne nahm die Digicam und fotografierte den toten Mann.

„Auch ein Porträt", bat ich.

Paul stand an der Wiese und musste sich übergeben. Seine Charolais-Rinder, die angelaufen kamen, betrachteten ihn erstaunt.

„Karl-Heinz, kannst du bitte dafür sorgen, dass deine Frau dich und Anne abholen?" Er nickte.

„Anne, kannst du hierbleiben und den Schupos sagen, was Sache ist? Ich fahre zu Welsch."

Anne nickte, und ich nahm die Kamera.

Ich fuhr mit Annes Accord über Monschau, Höfen, Schöneseiffen und Harperscheid nach Schleiden zur Polizeistation. *Frontantrieb ist mir viel lieber* dachte ich und bog auf den Parkplatz der Polizei.

Ich schellte am Haupteingang, und der diensthabende Polizist öffnete. Er erkannte mich als häufigen Gast von Welsch in den vergangenen Tagen.

„Haben Sie einen PC, an den ich die Kamera anschließen kann?"

Er nickte und zweifelte:" Ich weiß nicht, ob das in Ordnung geht."

„Bitte", sagte ich. „Kommissar Welsch wird es Ihnen danken."

Der Schupo, der sich mit *Heintzen* vorstellte, ließ mich hinter den Tresen. Der PC hatte zwar keinen Slot für einen Chip, aber eine USB-Schnittstelle. Windows meldete, dass es ein neues Gerät gefunden hätte. Ich startete den Explorer und sah die Bilder, die Anne geschossen hatte. Ich wählte ein Bild von dem Toten aus, dass nur seinen Kopf und die Würgemale zeigte. *Drucken?* fragte das System. Ich bestätigte. Ein weiteres Bild schien mir geeignet. Es zeigte eine Totalaufnahme von dem Toten. Ich bestätigte erneut den Ausdruck.

„Ich kriege sicher Ärger", muffelte Heintzen.

„Nein", antwortete ich." Wenn *das* zutrifft, was ich vermute, dann mit Sicherheit nicht."

Ich lief die Treppe mit den Ausdrucken hoch und stürmte in Welschs Büro. Die Tür stand offen. Der Bürgermeister war schon wieder weg.

„Ich glaube, du hast eine Vollmeise!" brüllte er mich an. „Erst fährst du zum Tatort, dann haust du ab. Und Heintzen ruft mich gerade von unten an, dass du über einen Polizeicomputer Bilder ausdruckst."

Welsch schnaubte in der bekannten Manier eines

Nilpferdes.

„Lass uns zu Fritzchen gehen", bat ich. „Oder habt ihr in schon verlegt?"

„Nein", antwortete Welsch. „Jacques Schüler und Fritzchen werden erst heute Nachmittag nach Rheinbach verlegt. Und trotzdem", tobte Welsch erneut. „So geht das nicht!"

„Du wirst es nicht bereuen."

Der vollkommen durchgeschwitzte Welsch fauchte: „Dann mal los!"

Ich folgte Welsch in die Untersuchungszelle von Fritzchen. Er saß auf seinem Bett.

„Fritzchen, ich bin sicher, du wirst uns gleich deinen Namen verraten."

Ich warf ihm die beiden Fotoausdrucke auf den Tisch seiner Zelle. Fritzchen starrte die beiden Bilder an und begann zu schluchzen.
„Mein Vater! Das ist mein Vater!" schluchzte Fritzchen. Er nahm ein Foto und drückte es an seine Wangen.

„Woher wusstest du das?" raunte Welsch.

„Ich wusste es nicht wirklich, aber der Tote sieht Fritzchen wie aus dem Gesicht geschnitten aus. Es sind Vater und Sohn."

Wir ließen Fritzchen Zeit, sich zu beruhigen. Seine Tränen und sein Weinen war so ehrlich wie ein Mensch nur sein kann, wenn er plötzlich einen geliebten Menschen verliert. Für Augenblicke hatte ich Skrupel, dass ich Fritzchen so krass mit den Bildern des Toten konfrontiert hatte. Und ich hatte alle Regeln der Polizei gebrochen.

Fritzchen stand auf und kuschelte sich auf die Pritsche, die ein Bett darstellen sollte. Er zog die Beine an den Körper wie ein Fötus, der darauf wartet das Licht der Welt zu erblicken.

„Ich möchte bitte nicht mehr, dass Sie mich Fritzchen nennen", begann er." Ich heiße Jakub, und das ist Niklas, mein Vater." Er presste die Bilder an seine Brust. Ein neuer Weinkrampf packte ihn. Wir ließen ihm Zeit.

„Ich stamme aus Polen", begann er. „Mein Vater und ich arbeiteten für Leute aus Roetgen. Wir sind illegal hier und haben mehr Geld in einem Monat verdient, als es in Polen in zwölf Monaten möglich ist."

Sein Deutsch war gut, auch wenn sein polnischer Ursprung nicht zu verleugnen war. Im Kindesalter wird der Gaumen durch typische Laute einer Sprache geformt. Es war nicht zu überhören, dass Jakub alias Fritzchen aus Osteuropa stammte.

„Jakub", begann ich. „Willst du uns deine Geschichte erzählen?"

Er nickte und bat um eine Zigarette. Ich gab ihm mein Feuerzeug und meine angebrochene Packung.

„Mein Vater ist seit vier Jahren in Deutschland", begann er. „Ich bin ihm vor einem Jahr gefolgt. Wir hatten in Polen wenige Chancen. Ich habe die Schule abgebrochen und war arbeitslos. Meine Familie lebt ihn Warschau. Ich habe eine Frau und ein Kind. Wir haben schlecht gelebt, und ich habe meinen Vater gebeten, dass er mit seiner Chefin spricht. Er hat mir einen Job besorgt, hier in Deutschland."

Jakub hielt kurze inne. Sein Blick war starr: *„Die* verschieben Autos. Große Limousinen. Und mein Vater war so unauffällig, weil er alt und grau ist. Kein Polizist wäre auf die Idee gekommen, dass er ein Autoschieber ist. Ich war glücklich, als ich nach Deutschland kommen konnte. Ich habe auch Autos nach Polen gefahren. So konnte ich meine Familie trotzdem sehen."

„Die Überfälle auf meine Kollegin und mich, die Einbrüche?" fragte ich.

„Meine Chefin hat erzählt, dass ein Privatdetektiv uns auf der Spur ist", bestätigte er. „Ich bekam den Auftrag, die Wohnungen zu verwüsten. Das habe ich dann auch getan. Bei dem Überfall war ich nicht dabei."

„Was wissen Sie über Jacques Schüler?" fragte Welsch.

„Wenig", antwortete Jakub. „Er tauchte auf und ich hatte den Auftrag, die Wohnungen auf den Kopf zu stellen. Er war der Fahrer. Es sollte eine Warnung sein." Jakub starrte mich an. „Es sollte niemand verletzt werden."

„Sie sind es, der die Arbeitshemden in Euskirchen gekauft hat", stellte Welsch fest.

„Ja!" antwortete Jakub. „Aber mit dem Überfall auf die Verkäuferin habe ich nichts zu tun. Olga und ihr Mann haben mich ausgequetscht, was die Verkäuferin weiß und wie das Geschäft heißt."

„Chefin? Olga und ihr Mann?" fragte ich.

„Sie heißen Manfred und Olga Ewerts. Sie haben ein Busunternehmen in Roetgen. Spezialisiert auf Reisen in die Ex-DDR, die Ukraine und nach Polen. Da gibt es wunderschöne Landschaften und historische Städte. Aber das ist alles nur Tarnung. Hinter der Fassade steckt die Autoschieberei. Die meisten Autos kommen aus Belgien oder Holland. Nur Luxusautos."

„Kennst du den Mann, den wir suchen?" fragte ich. „Der Kerl, der die Frauen überfällt und vergewaltigt."

„Das ist Olgas Bruder Karol. Der ist vollkommen irre! Er hatte die Kontakte nach Polen. Olga ist Polin und hat Manfred Ewerts geheiratet. Der stammt aus der Eifel. Karol ist später über die Grenze gekommen."

Es wurde anstrengend, Jakub zu folgen. Er war ein Container voller Informationen und sprach wirr.

„Erzähle uns etwas über die Hemden aus Euskirchen", forderte ich ihn auf. „Wieso die vielen Hemden?"

Jakub schluckte. „Das ist Monate her. Olga und Karol hatten fünf Männer aus Polen eingeschleust. Gute und billige Arbeiter. Ich sollte Arbeitshemden besorgen. Die haben das neue Gebäude in Roetgen ausgebaut. Wegen den Bussen und den geklauten Autos. Das waren Elektriker, Maler und Schreiner. Die sind so gut wie deutsche Handwerker, aber Olga und Manfred haben sicher 80 Prozent Handwerkerkosten gespart."

„Schwarzarbeit ist nichts Neues. Wo sind die Männer jetzt?" fragte Welsch.

„Zurück nach Polen", antwortete Jakub. „Als über den Lada in den Zeitungen berichtet wurde, bekamen Olga und Manfred Panik. *BILD* und *Express* liegen ja überall herum. Meine polnischen Landsleute sind Männer, die nur Geld verdienen wollen. Mit Mord und Vergewaltigung wollen sie nichts zu tun haben. Wir sind ein sehr katholisches Volk. Und wir sind stolz auf den verstorbenen Papst aus unserer Heimat. Nach den Zeitungsberichten hat Olga meine Landsleute in ihre Heimat zurückgeschickt. Sie sollten nicht erfahren, was los ist. Sie hätten geplaudert."

„Ist dein Vater auch deshalb ermordet worden?" fragte ich. „Hat er Angst gehabt?"

„Angst nicht", sagte Jakub. „Er wollte zurück nach Polen. Mein Vater sollte eigentlich einen Aston Martin überführen. Und ich sollte heute einen Lexus nach Warschau bringen. Wir wollten dann in der Heimat bleiben."

„Und die Morde und Vergewaltigungen von Karol wären ungesühnt geblieben!" schnauzte Welsch ihn an.

„Nein", antwortete Jakub. „Mein Vater hat einen Brief an die Polizei verfasst, den er absenden wollte, bevor er über die Grenze nach Polen fährt. Als wir in der *BILD* das Phantombild von Karol sahen, wollten wir aussteigen. Wir wollten Geld verdienen, aber mit Mord wollen mein Vater und ich nichts zu tun haben. Die anderen auch nicht." Jakub wurde wütend. „Es sind nicht nur Leute aus Polen im Spiel. Wir wissen, wie ihr Leute über uns aus Polen denkt. Der Kopf der Bande war Manfred und das ist ein Deutscher! Es tut mir so Leid."

„Manfred Ewerts. Ein Eifler, ein wahrhaft braver Deutscher", stellte Welsch fest. Jakub krümmte sich und begann wieder zu weinen. Irgendwie hatte ich Mitleid mit ihm.

„Ich habe noch eine letzte Frage, Jakub." Ich sah das Häufchen Elend an." Wo ist Karol?"

„Ich weiß es nicht", sagte er. „Ich würde es Ihnen sofort sagen. Mein Vater wusste es. Er hat ihn mal in sein Versteck gefahren."

„Danke, Jakub", sagte Welsch. „Ich werde vorsorglich einen Arzt rufen. Und ich werde dafür sorgen, dass dein Vater mit Anstand und Würde in seine Heimat gebracht wird."

Jakub sah ihn an.

„Und", Welsch machte eine kurze Pause, „ich mag auch keine Vorurteile gegen Menschen aus Polen. Mein Nachbar kommt aus Polen, und er ist mein bester Freund."

Wir verließen die Untersuchungszelle. Welsch bat einen Polizisten, ein Auge auf Jakub zu behalten. Wir gingen ins Welschs Büro. Er rief einen Arzt an, der nach Jakub schauen sollte.

„Die Informationen von Jakub sollten für einen Durchsuchungsbefehl und eine Verhaftung des Ehepaars Ewerts reichen. Ich werde den Staatsanwalt informieren und dann schlage ich zu."

„Kann ich mit?" fragte ich.

„Das kann ich schlecht rechtfertigen, mein Lieber. Ich stehe tierisch unter Druck, weil du und Anne dauernd als private Schnüffler im Spiel sind." Welsch bot mir eine Zigarette an und grinste: „Aber ich kann dich kaum davon abhalten, auch in Roetgen aufzutauchen."

„Was ist mit dem Brief?" fragte ich. „Wenn Jakubs Vater einen Brief an die Polizei geschrieben hat, dann wissen wir vielleicht bald, wo Karol untergetaucht ist."

„Entweder taucht der Brief auf, oder dieses Dreckschwein von Mörder hat ihn abgefangen. Das könnte das Motiv für den Mord an Jakubs Vater sein."

„Roetgen gehört zum Kreis Aachen. Das ist nicht dein Gebiet."
„Wir fahren trotzdem hin. Den Erfolg lasse ich mir nicht nehmen", grunzte Welsch. „Ich bin ein sturer Bulle, und daran kann mich keiner hindern. Und dir gönne ich, dass du eine prima Schnüfflernase hast."

Dreiundzwanzigstes Kapitel

Der Hausdurchsuchungsbefehl und die Haftbefehle für Manfred und Olga Ewerts waren eine schnell erledigte Formsache. Die Staatsanwaltschaft reagierte fix, denn nicht nur der öffentliche Druck der letzten Tage wirkte, sondern auch die Einmischung vieler kommunaler Politiker. Alle sahen ihre Felle in Sachen *Eröffnung Nationalpark Nordeifel* mehr und mehr schwinden. Der Kreis Euskirchen, ebenso die Kreise Düren und Aachen, erhofften sich von dem neuen Nationalpark viele Besucher und neue Investoren. Heimbach starb aus und hoffte auf Geschäftsleute, die den schönen Ort wieder zum Leben erwecken. Geschäfte und gastronomische Betriebe standen leer.

„Gleich sind wir in Roetgen", hörte ich Welsch in sein Handy tönen. Ich folgte ihm mit Annes Honda. „Die Kollegen aus Simmerath haben sich in Gang gesetzt, und die Aachener Kripo auch unterwegs."

„Ich bleibe brav hinter dir", antwortete ich.

Die Straße durch Roetgen ist seit Jahrzehnten eine täglich von zehntausenden Autos befahrene Verbindung zwischen der Nordeifel und Aachen. Für die Anwohner gab es nie Ruhe, aber der Verkehr lockte auch zahlreiche Geschäfte an. Ein neues Industriegebiet schuf zusätzliche Arbeitsplätze. Welsch bog ab. Ein Schild verriet *Industriegebiet.*

Er fuhr der Straße nach, die einen Bogen machte

und in einem Wendehammer von überdimensionaler Größe endete. Hier würde jeder LKW und jeder Reisebus problemlos ohne Rangieren wenden können.

Ich sah an der großen und komplett neu wirkenden Halle die schlichte Aufschrift *Busreisen Ewerts*. Das komplette Areal war eingezäunt.

Welsch preschte auf den Hof, ich folgte ihm und ließ den Honda in der Einfahrt stehen.

„Nicht schlecht", grinste Welsch. „So kommt keiner raus. Aber lass' den Schlüssel stecken, damit meine Kollegen im Bedarfsfall das Auto wegsetzen können."

„Anne wird schmollen, dass sie nicht dabei ist", antwortete ich.

„Wir sind da", nuschelte Welsch in sein Handy. „Leute, wo bleibt ihr?"

Wir gingen auf den Haupteingang zu. Welsch schaltete sein Handy ab. „Die sind in zwei Minuten hier."

„Sollen wir warten?" fragte ich Welsch.

„Das *sollten* wir sicher", grinste er. „Aber wir tun es nicht."

Die Front der Halle bestand aus drei Rolltoren, jedes

groß genug, um einen Reisebus einzulassen. Der linke Bereich der Halle hatte eine Glasfront und eine gläserne Tür. Wir sahen eine Frau von einem Schreibtisch aufstehen. Sie ergriff einen Telefonhörer.

„Polizei!" dröhnte Welsch, als er durch die Glastür trat. „Bitte legen Sie den Hörer sofort auf!"

Die Frau folgte Welschs Aufforderung und fragte: „Was kann ich für Sie tun, meine Herren?"

„Sie sind Olga Ewerts", stellte Welsch fest. Die Frau nickte. Sie blickte durch das Fenster und sah die ersten Polizeifahrzeuge eintreffen. Ein Polizist setzte meinen Honda weg. Zwei Fahrzeuge stoben auf den Hof, zwei weitere blieben im Wendehammer stehen.

„Sie sind verhaftet, Frau Ewerts. Alles weitere später. Wo ist Ihr Mann, Frau Ewerts, wo ist Ihr Bruder Karol?"

Frau Ewerts stand stocksteif vor uns und zeigte keine Regung. Ein lauter Knall im Nebenzimmer ließ uns zusammenschrecken. Welsch zog seine Dienstpistole, und ich warf mich zu Boden. Er blickte zum Eingang. Die Polizisten waren hinter ihren Fahrzeugen in Deckung gegangen.

Olga Ewerts unterbrach die Stille. „Das war Manfred, mein Mann," sagte sie. „Er hat sich erschossen."

Ich stürmte zur Verbindungstür zum nach hinten

liegenden Büro und sah Manfred Ewerts. Sein Kopf lag auf dem Schreibtisch. Blut sickerte über die Papiere, die vor ihm lagen. Sein schlaffer Arm deutete ungewollt auf den Boden. Eine großkalibrige Pistole, eine Marke, die ich nicht kannte, lag auf dem Boden. Ich erkannte den Mann, vermutlich zumindest, den Sandrine beschrieben hatte. Er war der Geschäftsmann, der in dem 'Edelpuff' gewesen war und später mit Karol in der Antoniusgasse auftauchte.

Welsch warf einen Blick in den Raum und gab seinen Kollegen ein Zeichen. Zwei Polizisten stürmten durch die Tür.

„Er hat sich den Schädel weggeblasen", sagte ich. „Mandred Ewerts ist tot."

Ich sah Olga Ewerts an. Sie blickte auf den Toten und zeigte keine Regung. Welsch forderte sie auf, sich zu setzen.

Sie ist eine eiskalte Schlange, dachte ich. *Schlimmer noch, sie ist gefühlskalt wie ein Eisschrank.*

Ein Mann, den ich nicht kannte, fuhr auf den Hof. Sein Audi blieb direkt vor dem Eingang stehen. Er erinnerte mich ein wenig an Colombo aus dem TV.

„Hallo, Cremer", grüßte Welsch ihn und schaute mich an. „Das ist Kommissar Walter Cremer von der Aachener Kripo. War mit mir auf der Polizeischule."

„Und wer ist das?" fragte Cremer mit einem Blick zu mir.

„Alwin Schreer, Privatermittler." Ich hielt ihm die Hand hin, die er ignorierte.

„Rainer", fuhr er Welsch an. „Wieso schleppst du einen Privatschnüffler mit. Das ist gegen jede Regel!"

„Reg dich ab, Walter", schnaubte Welsch. „Ohne Alwin würden wir vermutlich immer noch im Dunkeln tappen. Du hast doch die Presse gelesen."

Es war jetzt Cremer, der mir die Hand zur Begrüßung gab. Cremer und Welsch hatten den gleichen Dienstgrad. Die Schutzpolizisten standen ratlos im Büro, in dem sich Manfred Ewerts die letzte Kugel gab.

„Rufen Sie bitte den Notarzt", bestimmte Cremer und sah einen der Polizisten an. „Und einen Leichenwagen gleich mit."
Olga Ewerts saß ruhig auf ihrem Stuhl und betrachtete uns.

„Setzen Sie sich, meine Herren", bestimmte sie. „Und wundern Sie sich nicht. Ich habe Manfred nie geliebt. Er war vor über zwanzig Jahren meine Fahrkarte in den Westen."

Die gepflegte Frau verzog keine Miene. Sie konnte die Frau sein, die Jana Kohlstock beschrieben hatte.

Dürr, aber enorme Brüste. Sie verstand meine Beobachtung und kreuzte die Arme.

„Ihr Bruder Karol, ist er hier, Frau Ewerts?" fragte ich.

Sie lächelte fast. „Nein, meine Herren, sie können Ihr Polizeiaufgebot abziehen lassen. Karol ist nicht hier."

Walter Cremer ließ sich nicht irritieren und brüllte auf den Hof: „Durchsucht das ganze Gebäude!"

Die Polizisten setzten sich in Bewegung, und einer lief durch die Stahltür, die das Büro von der Bushalle trennte. Er fand eine Armatur. Eines der Rolltore öffnete sich. Die Polizisten traten vorsichtig und mit gezogenen Dienstwaffen ein.

Cremer, Welsch und ich blieben alleine mit Olga Ewerts. Welsch fragte sie: „Wir können auf Handschellen verzichten, wenn Sie keine Dummheiten machen."

Sie nickte und legte die Hände auf den Schreibtisch. Kein Zittern, kein Schwitzen.

„Wir haben Jakub verhaftet, und er hat gesungen. Der Anblick seines toten Vaters hat ihn reden lassen," begann Welsch. Ich hielt mich zurück, um Cremer nicht auf die Idee zu bringen, mich vor die Tür zu setzen.

„Um Jakubs Vater tut es mir unendlich leid",

antwortete Olga Ewerts. „Er war immer treu und loyal. Sein Verhalten änderte sich erst, nachdem er in den Zeitungen das Phantombild von meinem Bruder entdeckte. Er wollte sich absetzen und seinen Sohn mitnehmen."

„Glauben oder wissen Sie das, Frau Ewerts?" fragte Welsch.

„Er hat es nicht gesagt, aber es war mir klar. Niklas und sein Sohn Jakub sind zwei polnische Landsleute, die nur Geld im Westen verdienen wollten. Sie kamen mit Manfred gut zurecht und waren dazu angestellt, Autos nach Polen und andere Länder im Osten zu verschieben. Sie werden ja bereits wissen, wie unser Geschäft aussah."

Viele Fragen erklärten sich von selbst, aber Welsch hakte nach: „Da gibt es diesen weißen Lada Niva, Frau Ewerts. Wir wissen, dass Ihr Bruder ihn genutzt hat, und die Zigarettenstummel mit Lippenstift, stammen vermutlich von Ihnen."

Er deutete auf eine Zigarettenpackung der Marke *Peter Heinrichs* auf dem Schreibtisch.

„Das mag sein", sagte sie. „Ich bin einige Male mit Karol unterwegs gewesen, um Einkäufe zu erledigen."

„Einkäufe?" fragte Welsch. „Für Ihre polnischen Landsleute?"

„Ja", antwortete Olga Ewerts. „Sie werden von Jakub wissen, dass wir ein paar Handwerker aus Polen eingeschleust haben. Die haben diese Halle ausgebaut. Wir wollten keine Handwerker aus der Umgebung."

„Aus Kostengründen?" fragte ich und blickte Cremer an. Er nahm mir nicht übel, dass ich mich einmischte.

„Nein", begann sie. „Wir haben die Halle umgebaut. Die Front war für die Reisebusse, und die Rückseite von der Halle haben wir nach unseren persönlichen Bedürfnissen umbauen lassen."

„Bedürfnisse?" grunzte Welsch.

„Verzeihen Sie", sagte Olga Ewerts. „Ich beherrsche Ihre Sprache zwar perfekt, aber bei manchen Worten bin ich unsicher. Ich werde Ihnen gleich die ganze Halle zeigen."

„Was ist mit dem Überfall auf Jana Kohlstock?" fragte Welsch. Er flüsterte Cremer etwas zu, und ich verstand, dass er ihm Informationen gab, dass es sich um die Verkäuferin der Arbeitshemden handelte.

„Wir hatten bereits die Handwerker zurück nach Polen geschickt. Die Zeitungsberichte machten uns Sorgen. Jakub hatte uns diese Arbeitshemden für unsere Arbeiter gebracht. Manfred und mein Bruder Karol haben dann Jakub gefragt, was diese Verkäuferin wissen kann. Ich bin an dem Tag dann in das Geschäft gegangen und habe auf dem

Namensschild an ihrer Bluse den Namen Jana Kohlstock gelesen. Hatte im *Aachener Blick* gestanden. Abends habe ich ihr gemeinsam mit meinem Mann und meinem Bruder aufgelauert. Wir wollten wissen, was sie erzählt hat. Und wer Sie sind, Herr Schreer." Sie schaute mich an.

„Was ist mit dem Überfall auf meine Kollegin und mich? Als wir gerammt wurden", fragte ich.

„An dem Abend waren Manfred, Karol und Jacques Schüler unterwegs. Sie haben sie beobachtet. Schüler haben Sie ja auch verhaftet. Karol ist ausgerastet und hat Schüler befohlen, Sie von der Straße zu drängen."
„Und auf uns geschossen", ergänzte ich.

„Sie sollten nur eingeschüchtert werden", antwortete sie. „Ich habe diese Aktion nicht gutgeheißen."

Nicht gutgeheißen, dachte ich. *Schulbuchdeutsch.*

„Der Lada, das war nur ein Transportmittel?" fragte Welsch.

„Olga Ewerts nickte zustimmend: „Mein Bruder hat ihn damals aus Polen mit in die Eifel gebracht. Karol hat mit dem Lada die Arbeiter morgens abgeholt und abends zurückgefahren. Dass er so dumm war, davor oder danach über Frauen herzufallen, wurde uns erst durch die Presseberichte klar."

„Und was ist mit den Einbrüchen bei Frau Vartan und

Herrn Schreer?" fragte Welsch.

„Davon wusste ich zunächst auch nichts. Manfred war total in Panik und hat Schüler und Jakub beauftragt, die Wohnungen als Warnung zu demolieren. Weil der Anschlag danebenging."

„Wer ist überhaupt Jacques Schüler?" fragte Welsch neugierig. „Er passt irgendwie nicht in das Bild."

„Schüler wurde von unseren Auftraggebern geschickt. Glauben Sie bitte nicht, dass wir so bedeutend sind. Wir sind so etwas wie eine *Filiale*", antwortete Olga Ewerts steif.

„Eine Art *Filiale* für Autoschieberei", kommentierte Welsch. „Wie ein Supermarkt."

„Im weitesten Sinne", antwortete Olga Ewerts. „Ich werde Ihnen gleich die Autos zeigen. Wir haben die meisten Fahrzeuge nach Polen verfrachtet, Sammlerstücke auch nach Italien oder nach Österreich."

„Aber jemand muss doch die Kontakte gehalten haben und Namen kennen", wandte Cremer ein.

Olga Ewerts lächelte ihn an. „Es gibt keine Namen und keine Orte. Es gibt nur Transporteure. Und wir haben hier noch acht Fahrzeuge stehen, weil die *Organisation* alles gestoppt hat, seit mein Bruder im Mittelpunkt aller Schlagzeilen ist." Sie dachte nach. „Ich habe Karol ins Gesicht geschlagen, als ich das erste Mal von den Vergewaltigungen las. Und ich habe unsere Arbeiter in ihre Heimat geschickt, bevor sie in *BILD* und *Express* sein Phantombild sehen."

„Wo ist er jetzt, Frau Ewerts?" mahnte Welsch.

„Ich werde meinen Bruder nicht verraten", sagte sie.

Welsch nahm einen Ordner aus einem Regal, auf dem *Personal* stand. „Sie haben laut diesen Unterlagen nur einen Angestellten", sagte er. Er legte den offenen Ordner auf den Schreibtisch. Ich sah einen Lebenslauf mit Passfoto und merkte mir die Adresse.

„Ja, „sagte Olga Ewerts." Das ist Dieter Borsch. Er wohnt in Eicherscheid. Dieter hat nichts mit der Sache zu tun und ist meist auf Tour."

„Wo ist er jetzt?" fragte Cremer.

„Er dürfte von einer Tour aus Polen auf dem Heimweg sein. Wir rechnen heute Abend mit ihm. Dieter weiß nichts, und meine Landsleute, die für uns gearbeitet haben, die haben ihn nicht interessiert."

„Kannte er Jakub und seinen Vater? Und Karol?" fragte ich.

„Natürlich kannte er sie", antwortete Olga Ewerts. „Aber von unseren Geschäften wusste er trotzdem nichts. Er mag einiges geahnt haben, aber er war schweigsam."

„Zwei Busse der Marke *Setra*", kommentierte Cremer mit einem Blick durch die Stahltür.

„Mit dem dritten Setra ist Dieter unterwegs. Andere Touren sind Manfred oder ich gefahren," meine Olga Ewerts. „Gelohnt hat sich das aber lange Reisegeschäft nicht mehr. Nur Tarnung!" Sie lächelte mit schmalen Lippen. „Ich habe nichts mehr zu leugnen. Ich zeige Ihnen jetzt, was Sie interessieren wird. Ihre Beamten werden bereits ein Rolltor an der hinteren Seite der Halle entdeckt haben."

Sie zeigte auf einen Schlüsselbund.

„Und jetzt, meine Herren, sehen Sie, was Sie sehen wollen. Nobelautos und eine perfekte Werkstatt."

Was ich sehen will, ist die Visage von Karol, dachte ich.

Olga Ewerts stand auf und sah uns an. Verkniffen sagte sie: „Ich habe Krebs, meine Herren, und ich habe nichts mehr zu verlieren. Krebs im fortgeschrittenem Stadium, und es ist mir egal, ob ich die letzten Monate in einer Zelle verbringe. Aber Karol, den werde ich nicht verraten. Ich verrate keinen Bruder!"

Vierundzwanzigstes Kapitel

Olga Ewerts steckte einen Schlüssel in eine Schalttafel und drehte ihn. Sie drückte einen grünen Knopf und das Rolltor rasselte hoch. Ich wartete nicht, bis es auf Manneshöhe war und schlüpfte in den Raum. Cremer folgte mir.

Der übergewichtige Welsch wartete und meinte zu Olga Ewerts: „Gehen Sie bitte. "Er ließ ihr mit einer Geste den Vortritt.

„Puh!" stöhnte Cremer. „Und davon hat die Kripo Aachen auch nicht mal ansatzweise etwas gewusst."

In zwei Reihen standen acht Luxuskarossen. Ich sah den metallicgrünen Aston Martin, den Jakubs Vater hätte überführen sollen, einen Jaguar E-Type und den Lexus, der wohl dem Bürgermeister von Eupen gehörte, ein Audi A8 und verschiedene BMW und Mercedes.

„Ein Mercedes fehlt in den Reihen", sagte Olga Ewerts. „Es ist der, den Sie gefunden haben. Und das BMW-Coupé haben Sie ja auch. Wir hatten Jacques Schüler mit dem Auto ausgestattet."

In den Reihen, dachte ich, und *ausgestattet*. Olga Ewerts sprach ein niveauvolles Deutsch. In dem Moment kotzte mich an, dass dieser Fund wieder Vorurteile gegen Leute aus Polen entfachen würde, wenn die Presse morgen einstieg.

„Wo kommen die Fahrzeuge her?" fragte ich Olga Ewerts.

Sie lächelte uns an. Es sah schmerzverzerrt aus, und ich glaubte kaum, dass es die Trauer um Manfred war. Der Krebs meldete sich.

„Schauen Sie, Herr Schreer", begann sie. „Nach Belgien ist es ein Katzensprung, die Niederlande sind nah, und das Großherzogtum Luxemburg ist auch nicht fern. Wir haben hier nur Fahrzeuge aus den Nachbarländern. Europa wächst zwar zusammen, aber wir haben uns darauf gestützt, dass die länderübergreifende Polizeiarbeit nicht perfekt funktioniert."

Ich verlor die Geduld und packte Olga Ewerts am Kragen. Ich rüttelte und schüttelte sie: „Ich will wissen, wo dein verdammter Bruder Karol ist! Die Karren interessieren mich einen Dreck! Wo ist das Arschloch?"

Welsch griff nach meiner Schulter. Ich schleuderte ihn weg. Er landete auf dem Boden.

„Du eiskaltes Stück Scheiße!" schrie ich Olga Ewerts an. „Wo ist das Schwein?"

Cremer packte mich und drehte mir den Arm um. „Jetzt sind Sie raus aus der Sache. Keine Kooperation mehr von unserer Seite", sagte er. „Ich habe nichts gesehen und nichts gehört. Welsch auch nicht. Sie setzen sich jetzt in den kleinen Japaner und verpissen sich!"

Cremers griff war sehr schmerzhaft. Ich sah Welsch kurz an und ging. Sein Blick sagte mir *ich kann dich verstehen* und dann polterte er vorsorglich: „Raus hier!"

Welsch würde mir noch einen Einlauf verpassen, weil ich die Beherrschung verloren hatte. Er wusste, wie nahe mir Marianne stand, und er wusste, dass mir die junge Türkin Alina aus Dedenborn auch nahe war. Welsch würde auch Cremer beschwichtigen.

Am Eingang zu der verstecken Werkstatt sah ich Nellessen, den Schupo mit Jungengesicht. „Ich kann Sie verdammt gut verstehen", raunte er mir bei meinem Rückzug zu.

„Danke!" sagte ich. „Ich wollte keinen internationalen Autohandel auffliegen lassen. Ich suche einen Mörder und Vergewaltiger."

Als ich das Gaspedal durchtrat, dachte ich an Marianne. *Ich brauche Ruhe und Stille*, dachte ich und hielt an. Ich nahm mein Handy und rief Marianne an. *This person is temporary not available* meldete eine weibliche Computerstimme. Ich wählte ihre Festnetznummer in Gemünd.

„Belder", meldete sich Marianne monoton.

„Alwin hier", sagte ich. „Ich war mir nicht sicher, ob du wieder in Bad Honnef in die Klinik bist."

„Sollte ich eigentlich", sagte Marianne. „Ich habe angerufen, dass ich erst morgen komme. Das gibt zwar Ärger, aber ich wollte bei Max bleiben."

„Kann der Kleine seine Mama entbehren?" fragte ich. „Ich möchte dich gern sehen."

„Am Abend, okay", sagte sie. „Wenn Max schläft. Meine Mutter wird bei ihm sein. Ich möchte dich auch gerne sehen."

„Soll ich dich abholen?" fragte ich.

„Nein, ich komme zu dir. Ich möchte sehen, wie du wohnst und wie du lebst. Sammelst du eigentlich immer noch Modellautos, Schlümpfe und Enten?"

Mir war zum ersten Mal zum Lachen zumute.

„Ja", sagte ich. „Du wirst staunen, was sich in dreiundzwanzig Jahren alles angesammelt hat."

Es war einen Moment still, und ich fragte mich, ob das Netz zusammengebrochen war.

„Marianne?" fragte ich.

„Ich bin noch da", antwortete sie. „Ich werde noch kurz zu Wolframs Grab spazieren und nachdenken. Gleich tu ich das. Ich komme zur dir, wenn Max schläft. Meine Schwester bleibt bei ihm. Ich brauche jetzt Freunde wie dich. Bis später."

Fünfundzwanzigstes Kapitel

„Gleich kommt Marianne", rief ich in den Hausflur. Anne stürmte die Treppen hinab.

„Erzähl mir lieber, was abgelaufen ist. Der *Landfunk* funktioniert zwar prima, und Karl-Heinz war schon mit seinen Neuigkeiten hier", sagte sie. „Aber, erzähl!"

Wir setzen uns ins Wohnzimmer und tranken Kaffee.

„Jakub hat seinen Vater auf dem Foto erkannt, ganz wie ich vermutet hatte. Er hat dann ausgeplaudert, was er weiß. Welsch bekam seinen Durchsuchungsbefehl und wir sind dann nach Roetgen. Die ganze Tarnung nennt sich *Busreisen Ewerts.*

„Habt ihr Karol?"

„Nein, die Ewerts wollte ihren Bruder nicht verraten. Und Manfred Ewerts hat sich erschossen, als die Polizei ihnen auf die Pelle rückte."

„Nicht schade um ihn", murmelte Anne.

Sie nahm die *Gelben Seiten* des Kreises Aachen und pickte Roegten heraus. „Unter 'Reisebüro' hätten wir Ewerts nichts gefunden. Da stehen nur zwei Anbieter drin, und Busunternehmer haben wohl eine eigene Sparte", sagte sie. Die Aktion, alle Reisebüros abzuklappern, hatte sie mir noch nicht ganz verziehen.

„Das Reiseunternehmen war nur Tarnung", fuhr ich fort. „In der Halle standen knapp zehn Luxuskarossen und Sportwagen. Autoschieber. Aber nur eine *Filiale*, wie Olga Ewerts meinte."

„Ganz schön dreist", meinte Anne und schüttelte den Kopf. „Das das nicht aufgefallen ist..."

„Wie sollte es, Anne? Durch Roetgen pendeln am Tag mehrere Tausend Autos, Motorräder, LKW und Busse. Da wundert sich niemand über einen dicken Benz oder einen schicken BMW. Und wenn so ein seltener Aston Martin in das Industriegebiet abbiegt, wundert sich auch niemand. Das kann ein Geschäftsmann oder ein Kunde sein."

Ich zündete mir eine Zigarette an und schenkte uns Kaffee nach.

„Ich habe dich und Welsch wohl auf den Geschmack gebracht", grinste sie.

Ich fuhr fort. „Jedenfalls ist der ganze Laden reine Tarnung. Kein Busunternehmer kann meiner Meinung nach von drei Bussen leben, die nur Touristen nach Polen oder Mecklenburg-Vorpommern kutschieren. Sie haben aktuell nur einen Fahrer, Dieter Borsch, aus Eicherscheid. Und der hat mit der Sache nichts zu tun."

„Sagt er das?"

„Das sagt Olga Ewerts", antwortete ich. „Borsch ist noch auf Tour und soll heute Abend wieder eintreffen. Der wird sich wundern, wenn die Polizei den Laden auf den Kopf stellt."

„Und Jacques Schüler?"

„Der ist eingeschleust worden, um uns beiden nachzuschnüffeln. Befehl der *Organisation*, meinte die Ewerts. Der wird nichts wissen, oder für gutes Geld schweigen, bis er seine Strafe abgesessen hat."

„Und Jakub? Und sein Vater?"

„Wenn der Stand der Dinge so bleibt, wird ihm nicht viel passieren. Er wird nach Polen abgeschoben und seinem Vater folgen. Ich schätze, seine Leiche wird kurzfristig freigegeben und in sein Heimatland geflogen. Und die Polizei wartet morgen dringend auf Post."

„Wie bitte?"

„Auf Post eben. Jakub hat ausgesagt, dass sein Vater Niklas der Polizei einen Brief geschrieben hat. Er wollte ihn absenden, bevor er den Aston Martin nach Polen bringt. Er wollte den Brief aufgeben und die Sippschaft verraten. Nachdem er von den Morden und Vergewaltigungen aus der Zeitung erfahren hat, wollte er raus aus dem Spiel. Ebenso Jakub. Hätte man ihn gestern nicht verhaftet, wäre er heute mit dem Lexus auf dem Weg in den Osten."

„Hat sich Welsch zwischendurch gemeldet?"

„Nein. Warum?" fragte Anne.

„Naja", begann ich zögerlich. „Diese Ewerts ist so ein Eisblock, dass ich sie kurz gerüttelt und angebrüllt habe. Dabei ist Welsch auf den Arsch gefallen und sein Aachener Kollege hat mich vor die Tür gesetzt."

Anne lächelte mild. „Auch das war nicht sehr professionell."

Ich erzählte Anne, dass wir gleich Besuch von Marianne bekämen und entschied, vorher warm und ausgiebig zu duschen. Marianne würde den Stand der Dinge wissen wollen, und wenn ich das Duschen lang genug herausziehen würde, würde Anne berichten müssen. Mir war das recht.

Es war knapp 20 Uhr, als ich das Knattern eines Motorrades hörte. Ich schaute aus dem Badezimmerfenster und sah, wie Marianne von ihrer KTM abstieg. Sie trug ein schwarzes Lederkombi und zog einen roten Helm ab und schüttelte ihre Haare. Ekkehard und Rosi kamen blökend angetrabt und Marianne strahlte. Sie lief über die Straße und streichelte die beiden Esel.

„Na, ihr Süßen", hörte ich Marianne durch das gekippte Fenster schmeicheln. „Gibt euch der Alwin denn auch jeden Tag was Leckeres?"

Ich hörte, wie Anne die Haustür öffnete. Beide

Frauen begrüßten sich herzlich. Die Tür schlug zu, und die Unterhaltung ging im Wohnzimmer weiter. Ich ließ mir Zeit, damit Anne über die Geschehnisse berichten konnte.

Als ich ins Wohnzimmer kam, begrüßte Marianne mich mit einem Kuss auf die Wange. Das war schon in unserer Jugendzeit so, und ich hoffte, es würde auch bis ins Rentenalter so bleiben.

„Enten, Enten, überall Enten! Schlümpfe! Modellautos!" lachte sie und schaute sich um. Meine Sammlung war nicht klein und beherrschte mein Wohnzimmer.

„Vielleicht ist Alwin deshalb noch solo", grinste Anne. „Da verdreht doch jede Frau sofort die Augen."

„Mir gefällt's", stellte Marianne fest, schnappte sich eine dicke Plüschente und schaute sie an. „Wenn du noch keinen Namen hast, dann heißt du jetzt Fridolin."
Wir lachten, und ich freute mich, Marianne so zu sehen.

„Seid bitte nicht befremdet, wenn ich lache und hier bin. Ich brauche Ablenkung und liebe Menschen um mich herum. Meine Mutter hat ein Affentheater gemacht, weil ich eine Motorradtour mache und zu euch wollte. Sie ist der Meinung, ich müsse trauernd zu Hause hocken."

„Es ist gut, dass du hier bist", sagte Anne und nahm

ihre Hand. „Und ich mag dich, weil du Herz hast und so bist, wie Alwin von dir erzählt hat."

„Was hat er denn erzählt?" Beide lachten mich an, und ich bekam einen roten Kopf.

„Lasst uns essen gehen", schlug ich vor.

„Was? In den Klamotten?" Marianne zeigte mit beiden Händen auf ihre schwarze Motorradkluft.

„Ist doch gut so", bestimmte Anne. „Ich ziehe einfach meine schwarze Lederjacke an, und dann sind wir alle Rocker. Außer, Alwin, der hat sich nur so landfein gemacht, weil du gekommen bist." Anne streckte mir ausgelassen die Zunge heraus.

Sechsundzwanzigstes Kapitel

„Wie wäre es, wenn du mir die Autoschlüssel gibst", lächelte Anne. „Ich möchte doch mal wieder gerne meinen BMW fahren. Und du kannst zwei oder drei Bier trinken."

Ich warf ihr die Schlüssel zu, und wir entschieden nach Simmerath in den *City Grill* zu fahren. Gyros und Pommes, da war uns allen nach.

Marianne deutete nach rechts, als wir Dedenborn verlassen hatten und Richtung Hammer fuhren.

„Da hinten war es", meinte sie. „Ich werde es nie vergessen, aber ich werde bald wieder joggen."

„Du solltest wenigstens ein Pfefferspray mit dir führen, oder so was Ähnliches," meinte Anne aus dem Fond.

„Bei euch privaten Ermittlerin bin ich sicher bestens beraten", antwortete Marianne und jagte den BMW im fünften Gang.

In Hammer fuhr sie langsamer und beschleunigte am Ortsausgang die rund 200 Pferdestärken durch die kurvigen Straßen, bis wir das Ortsschild von Eicherscheid sahen. Marianne hielt sich an die Geschwindigkeitsregeln in der kleinen Ortschaft.

„Früher", erzählte sie, „da bin ich auch mit achtzig durch solche Käffer gebrettert. Aber seit Max geboren wurde, lebe ich bewusster und achte auf solche Dinge."

„Ich habe hier mal fast ein Kind angefahren", antwortete Anne. „Ich war vielleicht zehn Kilometer zu schnell und wäre fast gelyncht worden."

„Da vorn muss wohl Dieter Borsch wohnen." Ich zeigte auf ein kleines Fachwerkhaus mit einer großen Wiese zur Straße. „Der wird sich morgen einen neuen Job suchen müssen."

Marianne bog rechts Richtung Simmerath ab und flitzte durch einen Kreisverkehr, der mehr wohl mehr das Tempo drosseln als den Verkehr regeln sollte. Wir suchten uns einen Parkplatz.

Der *City Grill* war gut besucht, und uns lief das Wasser in den Mündern zusammen.

„Dreimal Gyros mit Pommes und Zwiebel?" fragte ich die beiden.

„Für mich ohne Zwiebeln", protestierte Anne.

Anne und Marianne bestellten sich Cola, ich freute mich auf ein kaltes Bier.

„Was wirst du jetzt tun?" fragte ich Marianne. „Beruflich, meine ich."

„Bevor Max geboren wurde, habe ich in einem kleinen Gemünder Weinhandel gearbeitet. Ich werde, sobald Max in den Kindergarten geht, fragen, ob ich da stundenweise wieder anfangen kann."

„Und das große Haus?" fragte ich.

„Ich könnte das Haus behalten," begann sie. „Aber ich werde irgendwann in einen Ort in der Nachbarschaft ziehen. Ich möchte nicht, dass Max, wenn er älter wird, dauernd auf den Tod seines Vaters angesprochen wird. Es war für mich schon die Hölle, damals mit siebzehn, als ich vergewaltigt wurde. Die Leute tuscheln, erzählen, oder sie machen ihre Witzchen."

„Und andere sind einfach nur unsicher", bemerkte Anne.

„Die gibt es auch, aber das fand ich damals am schlimmsten. Die schauen dich an und haben Mitgefühl, aber sie wissen nicht, wie sie mit dir umgehen sollen."

„Du könntest nach Einruhr mit Max ziehen, direkt hinter den 'Bretterzaun'" sagte ich. „Der Ort ist schön, die Leute ganz nett und du könntest in zwanzig Minuten bei deinem Weinhändler in Gemünd sein."

„Nette Idee", fand Marianne. „In Simmerath und Monschau gibt es, soweit ich weiß, alle Schulformen. Hauptschule, Realschule, Gymnasium."

„Was will der Kleine denn später mal werden?" fragte Anne. „Alle Kinder haben in dem Alter doch schon einen Traumberuf."

„Rennfahrer", sagte Marianne. „Und dieser Spanier in der Formel 1 ist sein Vorbild."

„Alonso von dem Team *Renault*? Oder ist es *Ferrari*?" fragte ich. Sie nickte.

„Max ist auf quasi vier Rädern aufgewachsen", erzählte sie. Wolfram ist früher Tourenwagenrennen gefahren, und ich bin gegen ihn gefahren. Ich war meist schneller. Wir finanzierten das über unser Autogeschäft."

Anne konnte sich ein Grinsen nicht verkneifen und sah mich frech an: „Alwin mag dein Auto, aber er flucht immer über den Heckantrieb."

Unsere drei Portionen Gyros mit Pommes, einmal ohne Zwiebel, waren mittlerweile eingetroffen.

„Ischt auch ein gansch anderesch Feeling", kaute Marianne. „Bei den Tourenwagen sind Wolfram und ich aber Fronttriebler gefahren. Das war eine Rennserie, wo nur einheitliche Autos fuhren."

„Teures Hobby", meinte Anne trocken.

„Schon", stimmte Marianne zu. „Aber Wolframs Familie hat Geld ohne Ende. Sein Vater fuhr früher auch Autorennen. Und Erwin, mein Schwager, der war auch immer mit dabei. Den habe ich meistens auch gebügelt." Marianne schmunzelte.

„Ihr habt euch ausgesprochen, sagtest du", sagte ich zu Marianne. „Die Szene in der Klinik war ja recht krass."

„Ich kann es euch vielleicht nur teilweise erklären."

Marianne blickte uns an. „Wolfram und Erwin sind Zwillinge, wie man sieht. Eineiig. Aus Gründen, die selbst Wolfram nie verstanden hat, bekam Erwin immer Prügel und Vorwürfe. Beide waren in der Schule prima. Hatte Wolfram ein *sehr gut* in einer Klassenarbeit, bekam er fünf Mark. Wenn Erwin mit einem *sehr gut* nach Hause kam, bekam er nichts. Und Wolfram hat seinem Bruder immer zwofünfzig abgegeben. Erwin war immer in Wolfram vernarrt. Da gab es nie Neid und Stress. Darum verstehe ich Erwins Verbitterung. Er wollte dem Vater immer gerecht werden. Weißt du, das prägt sich ein. Und als er in Bad Honnef auftauchte, hatte ihn der Alte ziemlich geimpft und mich verteufelt."

„Und der Sohn, der dem Vater nie gerecht werden konnte, speichert es wie früher als Kind", stellte Anne fest.

„Ich habe mit Doktor Albrecht in der Rheinklinik auch darüber gesprochen", meinte Marianne nach dem nächsten Bissen. „Vieles ist mir dadurch klargeworden. Die bieten da auch Dreiergespräche an. Ich habe Erwin gebeten, mit Doktor Albrecht und mir ein gemeinsames Gespräch zu führen. Erwin stimmte zu, und irgendwie kam heraus, dass sein Vater diesen großen Einfluss nutzte und ihn aufgestachelt hat."

„Bei der Beerdigung machten Wolframs Eltern einen halbwegs brauchbaren Eindruck. *Brauchbar*? Sorry, mir fällt kein besseres Wort ein", sagte ich.

„Ich habe dem Alten gesagt, dass er Max, seinen Enkel, nie mehr zu Gesicht bekommt, wenn er sich nicht bremst. Der Tipp kam sogar von Erwin. Der Alte ist jetzt ruhig. Er hat ja nur dieses Enkelkind."

Siebenundzwanzigstes Kapitel

Anne entschied, dass sie die Rechnung zahlte. Es waren noch einige Cola und Biere hinzugekommen. Betrunken fühlte ich mich nicht, aber es war ganz vernünftig, dass Marianne den BMW fuhr.

Wir verließen Simmerath und bogen beim Gasthaus *Am Gericht* links zurück Richtung Eicherscheid ab. Marianne hielt sich an die Tempo fünfzig in dem kleinen Ort. Mein Blick suchte nach dem Haus von Dieter Borsch.

„Fahr bitte etwas langsamer", sagte ich.

In der Einfahrt neben Borschs Fachwerkhaus stand ein Bus mit der Aufschrift *Busreisen Ewerts* auf den Seitentüren.

„Stop!" befahl ich etwas rüde. „Borsch ist zu Hause. Der Bus war eben noch nicht da."

„Wieso nimmt der Typ denn den Bus mit nach Hause?" fragte Anne leicht einfältig.

„Ist dir noch nie aufgefallen, dass Busfahrer, oder auch Trucker, ihr Dienstfahrzeug vor ihre Tür stellen? Borsch wird den kürzesten Weg in sein warmes Bett gewählt haben. Oder er fährt morgen erst nach Simmerath, den Bus in der Waschanlage schrubben. Wir klingeln!"

Marianne stellte den BMW vor dem kleinen

Fachwerkhaus ab. Sie und Anne stiegen aus, ich schälte mich aus dem Fond von des Zweitürers.

Die Türglocke konnte Tote wecken. Wir hörten, wie zwei Füße durch den Flur schlurften. Dieter Borsch öffnete.

„Entschuldigen Sie die späte Störung", begann ich. „Anne, hast du mal eine Visitenkarte?"

Sie drückte sie dem todmüde wirkenden Borsch in die Hand.

„Ich kenne Sie!" sagte er. „Zumindest die Namen auf der Karte. Ich ahne, warum Sie hier sind."

Er machte eine Andeutung, dass wir eintreten sollten. Borsch führte uns in ein altdeutsches Wohnzimmer.

„Marga", sagte er. „Das sind Privatdetektive."

Eine ungewöhnlich dicke Frau erhob sich aus einem Sessel mit Lehnen aus Eiche. Ihre Wangen blieben rosig, aber die Mundwinkel stürzten fast zu Boden.

„Isch hab doch jesacht, et fällt alles zusammen", jammerte sie in Eifler Platt.

„Bleib ruhig, Marga", beschwichtigte Dieter Borsch seine Frau. „Morgen früh hätten wir sowieso die Polizei angerufen."

„Wieso hätten Sie die Polizei angerufen?" fragte Anne.

Borsch zeigte auf einen Stapel Zeitungen.

„Ich war in Polen. Rundreise. Und meine Frau bewahrt mir alle Zeitungen auf. Zehn Tage in Polen sind auch zehn Tage ohne Informationen. Und dann seh' ich *das*." Borsch zeigte auf das Phantombild von Karol: „Das ist der jüngere Bruder meiner Chefin. Ich werd' nicht mehr, hab' ich gedacht."

Borsch bat uns mit einer Geste, Platz zu nehmen.

„Sie wissen also noch nichts davon, dass die Polizei den Betrieb hochgenommen hat?" fragte ich.

„Hochgenommen? Den Betrieb?" fragte er. „Ich weiß gar nichts."

„Eigentlich erwartet Sie die Polizei in Roetgen", sagte ich. „Frau Ewerts gab an, dass Sie heute Abend von einer Busreise aus Polen heimkehren."

„Hier bin ich ja auch!", trotzte Dieter Borsch. „Aber in Roetgen war ich nicht. Die hochverehrte Reisegesellschaft habe ich in Gemünd am *Marienplatz* vor zehn Tagen aufgelesen und heute auch wieder da abgesetzt. Und ich bin dann über die Dörfer zurückgefahren und habe den einen oder anderen direkt in seinem Kaff abgesetzt. Einen in Morsbach, einen in Einruhr, zwei Rentner in Dedenborn. Und dann bin ich heimgefahren! Leute, ihr stinkt nach Pommesbude!" meckerte Borsch.

„Der Laden von den Eheleuten Ewerts ist heute aufgeflogen", sagte Anne. „Da stehen knapp ein Dutzend Luxusautos. Sie wussten nichts davon?"

„Nicht weiß ich davon!" konterte Borsch. „Aber das was faul ist, das war mir klar. Jakub und Niklas waren immer so verschwiegen. Und teilweise liefen da fünf oder sechs andere Polen herum. Die haben einen Teil der Halle abgetrennt."

„War Ihnen das nicht komisch?" fragte ich.

„Bin ich Jesus? Kann ich über Wasser gehen?" polterte Borsch los. „Und außerdem..."

Ich unterbrach ihn. „Niklas ist ermordet worden, Jakub sitzt im Knast, die Ewerts sind Autoschieber. Und, Karol, der Bruder von Olga Ewerts ist ein Mörder und Vergewaltiger!"

Borsch zitterte und verlor die Fassung.

„Dann habe ich ja morgen keinen Job mehr", stammelte er. „Ich geh' auf die sechzig zu, und so einfach find' ich nix."

„Wir redeten hier über Mord und Vergewaltigung, Herr Borsch!" schrie Anne. „Schauen Sie sie an!" Sie deutete auf Marianne. „Sie ist auch ein Opfer von Olga Ewerts Bruder, verdammt noch mal!"

Dieter Borsch wusste nicht, wohin er schauen sollte. Er schauderte.

„Bitte verzeihen Sie, gnädige Frau", begann Borsch leise und wagte, Marianne ihn die Augen zu schauen.

Sie nickte und schwieg. Den Autoschlüssel des BMW zerquetschte sie fast.

„Immer mit der Ruhe", lenkte ich ein. „Wußten Sie wirklich nichts von den Autos?"

„Naja", lenkte er ein. „Ich habe zumindest keine Fragen gestellt."

„Und Sie sind in keiner Weise involviert?" fragte Anne.

„Invol*was*?"

„In die Sache verwickelt," korrigierte Anne. „Involviert eben."

Borsch überlegte, was er antworten sollte. Sein Gehirn arbeitete langsam und Marga Borsch mischte sich ein: „Die Koffer, Dieter, erzähl es ihnen lieber."

Borsch sah zuerst Marianne, dann Anne und dann mich an. „Wenn ich eine Reise nach Polen oder die Ex-DDR hatte, bekam ich manchmal den Auftrag von Herrn oder Frau Ewerts, einen Koffer entgegen zu nehmen. Nie in Polen selbst, nie hinter der Grenze."

„Und wie war es dieses Mal?" fragte ich.

„Da ist wieder ein kleiner Koffer. Aus Aluminium. Der steht noch im Bus. Ich habe ein Fach, um meine Sachen einzuschließen."

„Wir sollten den Koffer einfach mal anschauen." Ich klopfte auf den Tisch und verließ mit Borsch das Haus. Anne und Marianne blieben bei Marga Borsch im Wohnzimmer. Dieter Borsch öffnete den Bus, schloss sein Fach auf und zog einen kleinen Koffer hervor.

„Wir nehmen ihn mit ins Haus", beschloß ich.

Der Koffer hatte zwei Schnappverschlüsse mit Zahlenschlössern und war verschlossen. Es war diese billige Art von Alukoffern, wie Supermärkte und der Baubedarf gelegentlich anboten.

„Die Nummer werden Sie ja nicht kennen. Haben Sie einen kräftigen Schrauberdings?" Borsch nickte und kam mit einem Schrauendreher zurück. Ich setzte den Koffer auf den Boden und hebelte mit Gewalt die beiden Zahlenschlösser aus.

Nachdem ich den Kofferdeckel öffnete, meinte Anne trocken: „Eine ganze Menge Geld, Herr Borsch. Sie haben den Kurier gespielt, ohne es zu wissen."

Borsch wurde aschfahl, seine Marga begann zu weinen.

„Die ganzen Banknoten darin interessieren mich überhaupt nicht, Herr Borsch, die kann ein Schupo zählen, aber Sie wären gut beraten, unverzüglich den Koffer bei der Polizei abzugeben." Ich sah ihn an. „Was ich einzig und allein will, ist Karol."

„Das Geld...", stammelte Borsch.

„Das geben Sie bei der Polizei ab. Sie haben keine Chefin mehr, die es in Empfang nimmt. Und Karol wird wohl auch kaum auftauchen, wenn es überall von Polizei wimmelt. Nur Karol interessiert uns. Je früher wir den erwischen, umso sicherer sind auch Sie und Ihre Frau."

Borsch grübelte. „Ich weiß, wo Sie ihn vermutlich finden können."

Wir horchten auf, Mariannes Gesichtszüge wurden steinhart.
„Ja", begann er. „Karol hatte doch diesen alten Lada Niva. Im Winter, es muss im Januar gewesen sein, sprang die alte Karre nicht an. Frau Ewerts schickte mich, nach dem Auto schauen. Wissen Sie, ich bin ja gelernter Automechaniker."

„Wo war das?" drängte Anne.

„In Belgien", antwortete Borsch." Karol hat sich meist auf einem Campingplatz bei Robertville aufgehalten. Ist nicht zu verfehlen. Es ist der größte der Campingplätze. Karol haust in einem luxuriösen

Wohnwagen. Und ich erinnere mich auch noch an die Stellplatznummer. Sechsundsiebzig", sagte er mehr zu sich als zu uns." Kann man nicht vergessen. Ist ja knapp neben einer Schnapszahl."

Achtundzwanzigstes Kapitel

„Endlich kriege ich das Schwein!" brüllte Marianne. Wir konnten nicht so schnell reagieren, wie Marianne hochsprang. Sie rannte durch den Flur und stürzte hinaus.

Anne und ich liefen ihr nach. Wir sahen nur noch, wie sie den BMW startete und das Auto mit durchdrehenden Reifen drehte und davonjagte.

„So verrückt kann sie doch nicht sein", rief Anne bestürzt und schluckte.

„Ich fürchte doch!" Ich sah Borsch an. „Wir brauchen Ihr Auto, Herr Borsch. Sofort!"

„Aber, aber..." Seine Frau reagierte schneller.

„Nebenan steht mein Toyota," sagte sie. Marga Borsch lief in die Küche und holte die Autoschlüssel.

„Rufen Sie Kommissar Welsch in Schleiden an und erzählen Sie ihm alles. Besser noch, fahren Sie hin und nehmen Sie das Geld mit. Nehmen Sie Ihren Bus und nehmen Sie bitte Ihre Frau mit!"

Ich hechtete Anne hinterher. Sie stand schon an der Beifahrertür. Der Toyota Corolla heulte kurz auf und wir jagten Marianne hinterher.

„Mit der lahmen Gurke holen wir sie nie ein", fluchte ich. Der Toyota schoss bei rot über die Kreuzung beim Gasthaus *Am Gericht* Richtung Belgien. Konzen flog an uns vorbei, die stationäre Radarfalle interessierte mich nicht, auch die Geschwindigkeitsschilder nicht. Links ging es Richtung Imgembroich, und in Mützenich blitzte ein Starenkasten auf.

„Wir fahren über Eupen", sagte ich. „Von dort aus kenne ich den Weg nach Robertville."

Anne und ich schossen die kilometerlange Holperstrecke bis Eupen hinab. Der Toyota war vollkommen überfordert.

Eupen schlief bereits, zumindest die sogenannte Unterstadt. Am Kreisverkehr jagte ich den Toyota links die Serpentinen hoch, die wieder aus Eupen herausführen. Wir fuhren mit den 160 km/h, die der Toyota zuließ, durch die belgischen Wälder. Das Hohe Venn und die Ardennen können an anderen Tagen wundervoll sein.

„Der Typ ist sicher bewaffnet", meinte Anne. „Wenn Karol wirklich da ist, haben wir nur mein Pfefferspray."

„Besser als nichts", antwortete ich und bog bei Baraque Michel links nach Robertville ab.

Auch Robertville schlief. Ich bremste das Tempo, um mich zu orientieren. Die Hauptstraße führte durch den belgischen Touristenort. Am Ende der kleinen Stadt würden wir den Campingplatz zumindest aus

der Ferne sehen können, nahe des Gewässer sehen.
. Der *Lac de Robertville* ist ein künstlicher See mit einer Fläche von 63 Hektar. Ein großer Teil des Gewässers ist von hohen Tannen umsäumt.

„Hier irgendwo muss es zum Campingplatz abgehen", rätselte ich. „Aber in der Dunkelheit sieht man nichts!"

„Da!" schrie Anne auf. „Mariannes BMW!"

Das Coupé parkte an der Straße. Wir entdeckten einen schmalen Weg mit einem Hinweisschild zum Campingplatz. Es war keine Zufahrtsstraße, nur ein Fußweg für Wanderer.

„Dann lassen wir das Auto auch stehen", entschied ich und stellte den Toyota hinter dem BMW ab.

„Mein Handy hat hier keinen Empfang", zischte Anne. „Wir können nur hoffen, dass Borsch Kommissar Welter erreicht hat und der die belgische Gendarmerie alarmiert."

„Darauf allein möchte ich mich nicht verlassen", antwortete ich. „Wir können nicht warten und müssen Marianne suchen!"

Im Kofferraum des Toyota fanden wir eine Taschenlampe.

„Wir versuchen, ohne Licht den Campingplatz zu erreichen und orientieren uns an der Beleuchtung auf dem Campingplatz."

Auf dem Feldweg war es stockdunkel. Wir stolperten immer wieder, und ich riss mir ein Hosenbein auf. Auch wenige hundert Meter können im Dunkeln endlos sein.

Wir hechteten weiter, bis wir den Campingplatz erreichten. Aus einigen Wohnwagen hörten wir Gelächter oder Fernseher, die in Französisch und Flämisch leierten. Andere Bewohner der Campinganlage hörten laute Musik.

„Siehst du hier ein System?" fragte ich. „Ich meine, was die Nummerierung der Stellplätze angeht."

„Das ist aufgebaut wie bei einer Straße, auf einer Seite gerade, und auf der anderen Seite sind die ungeraden Nummern", flüsterte Anne.

Wir folgten dem geteerten Weg. Der Lärm der Camper kam von der linken Seite, vierzig oder fünfzig Meter von uns entfernt.

Auf der Höhe von Stellplatz siebzig bog der Weg rechts ab. Nur wenige Campingfahrzeuge waren noch zu sehen.

„Zweiundsiebzig, vierundsiebzig, sechsund-siebzig", zählte Anne. „Der clevere Bursche hat auch noch den unauffälligsten Stellplatz. Hinter seinem Wagen fängt gleich der Wald an."

„Wir schleichen hinter den Fahrzeugen bis zur sechsundsiebzig", flüsterte ich. „Und falls wir Marianne entdecken, schnappen wir sie und warten auf die Polizei."

„Immer noch kein Empfang", flüsterte Anne. „Mein Handy meldet kein Netz."

Wir schlichen hinter den Wohnmobilen bis zum Wohnwagen von Karol. Mein Herz klopfte. Gedämpftes Licht schien aus den Fenstern. Neben dem Wohnwagen stand ein Motorrad, eine Geländemaschine. Rechts und links hingen abgewetzte Ledertaschen über dem Hinterrad. Auf dem Soziussitz war ein großer Rucksack mit Spanngurten befestigt.

Ein Handy klingelt immer dann, wenn es nicht klingeln soll. Die wenigen Meter zwischen Stellplatz siebzig und sechsundsiebzig reichten für einen schwachen Empfang. *Dancing with tears in my eyes* schallte es polyfon aus Annes Handy durch die Nacht.

„Verdammt!" fluchte Anne und drückte den Anrufer weg. „Das war die Nummer von Welsch."

„Guten Abend!" tönte es. Der Schein einer Taschenlampe erfasste uns. Ich kniff die Augen zusammen.

„Das in meiner Hand", sagte Karol, „ist eine Waffe

mit Schalldämpfer. Und jetzt bitte ich Sie, einzutreten."

Er deutete mit der Taschenlampe zum Eingang. „Erst du!" sagte er zu mir. „Und dann du, Schneckchen. Nach links und dann hinsetzen."

Ich stieg in den Wohnwagen. Anne folgte mir. Wir setzten uns und Karol hielten Abstand. Von Marianne keine Spur. Karols Waffe zielte auf Anne, seine linke Hand griff nach einer Rolle Klebeband.

„Fesseln!" befahl er mir und warf mir die Rolle zu. „Die Hände auf den Rücken."

Anne drehte sich, und ich rollte das Klebeband um ihre Handgelenke.

„Fester!" schrie Karol. „Oder hälst du mich für einen Vollidioten?"

Ich zog das Klebeband fester und nuschelte leise: „Er weiß nichts von Marianne."

„Hör auf zu flüstern!" brüllte er. „Kleb ihr den Mund zu."

„Nein..."

Ich legte die Rolle Klebeband auf den Tisch. Karol starrte mich hasserfüllt an: „Es ist zum Kotzen, dass ihr beide noch lebt. Ich hätte euch sofort erschießen sollen."

„Von der Straße drängen ist ja auch nicht die feine Art. Es ist vorbei, Karol. Deine Schwester ist verhaftet, Manfred ist tot. Und du weißt nicht, wo du hinkannst."

Karol lachte laut auf. „Nichts weißt du", zischte er. „Ich habe in Polen viele Jahre im Wald gelebt. Nie hat mich die Polizei gefunden."

„Kein dummes Versteck hier", schmeichelte ich Karol. „Das ist der französischsprachige Teil Belgiens, und über Kalterherberg bist du in wenigen Minuten in Deutschland. Eupen ist einen Katzensprung entfernt, und hier liest keiner das *Grenz-Echo*. Was war dein Job bei dem Autoklau?"

„Autoklau eben!" antwortete er. „Und *Organisation*. Ich habe die Kontakte in Belgien, Luxemburg und Holland. Aber das wirst du niemandem mehr erzählen können."

„Die Bullen wissen alles", bluffte ich." Kontakte, Namen..."

„Du lügst!" schrie er. „Nicht mal Olga kannte Namen. Alles lief über mich. Alles!"
Ich versuchte, Zeit zu schinden.

„Warum musste Niklas sterben?" fragte ich. „Der alte Mann war doch nur Fahrer und brachte die Autos in den Osten.".

„Jaaaaaa", zischte Karol. „Das wäre auch weiter so gegangen. Dann habe ich einen Schreibblock im Aufenthaltsraum entdeckt." Er machte eine Pause." Ich habe Niklas nie Briefe schreiben sehen. Warum auch? Er war alle ein bis zwei Wochen bei seiner Familie, wenn er ein Auto nach Polen brachte."

„Und dann hast du den Brief an die Polizei entdeckt."

„In seiner Jacke. Adressiert an die *Polizeistation Schleiden*. Hier!" Er warf mir einen ungeöffneten Brief auf den schmalen Tisch des Wohnmobils. Anne bewegte sich nicht. Sie spürte Karols gierige Blicke.

„Zu dir komme ich gleich", höhnte Karol und musterte Anne. *Zeit schinden*, dachte ich.

„Wo hast du Deutsch gelernt?"

„Auf dem Mond!" schrie er. „Und für dich spielt das keine Rolle mehr."

Karol holte aus und holte mit dem Kolben seiner Waffe aus. Ich schlug mit dem Kopf auf den Tisch, und er schlug erneut zu. Ich verlor die Besinnung.

Neunundzwanzigstes Kapitel

Als ich aufwachte, lag ich auch dem Boden, gekrümmt zwischen der Kochnische und dem Waschraum. Karol hatte mich an Händen und Füßen gefesselt. Das Klebeband schnürte mir das Blut ab. Ich spürte ein unerträgliches Kribbeln in den Fingerkuppen, die Hände schmerzten.

Mein Schädel hämmerte, und ich sah alles verschwommen. Ich sah Karol. Er hatte Anne auf das Bett an der Kopfseite des Wohnwagens gezerrt. Seine Waffe konnte ich nicht entdecken.

Anne lag auf dem Rücken. Karol hatte ihr den Mund mit dem Band verklebt und saß auf ihr.

„Du kleine Schlampe", zischte er und berührte ihr Brüste. „Wir warten bis dein Freund wieder aufwacht. Dann kann er zusehen, was ich mit dir mache!"

Mit einem Ruck zerriss er Annes Bluse. Der weiße Büstenhalter bewegte sich mit dem schnellen Atem Annes synchron auf und ab. Karol lachte böse. „Gut siehst du aus."

„Verdammt, Karol!" schrie ich. „Verdammt!"

„Hier hört dich keiner", höhnte er. „Die Wagen nebenan sind alle leer. Da waren unsere Arbeiter drin."
Anne versuchte, sich zu winden. Sie zog ein Bein ruckartig an und erwischte Karols Rücken. Karol

schlug sie ungerührt mit der Faust in Gesicht.

„Lass das, hörst du?" Er riss an Annes Büstenhalter.

Die Tür des Wohnwagens wurde abrupt aufgerissen.

„Lass sie los!" schrie Marianne. Karol stockte für einen Moment der Atem.

Marianne stand im Türrahmen und richtete eine Pistole auf Karol. „Sie ist entsichert, du Schwein!"

Marianne hielt die Waffe weiter auf Karol gerichtet. Ihr Gesicht war voller Hass und Wut. In dem schwarzen Lederkombi sah sie unheimlich aus.

„Seine Pistole liegt auf dem Herd. Kannst du aufstehen, Alwin?" fragte sie.

„Unmöglich", antwortete ich. „Dieser Drecksack hat mich vollkommen verschnürt."

Marianne blickte einen Moment zu lange auf mich und Karol nutzte die Chance. Mit einem Hechtsprung stürzte er sich auf Marianne.

Der erste Schuss hallte durch die Stille, ein zweiter Schuss folgte. Karol starrte sie mit weit geöffneten Augen an. Die Wucht der beiden Projektile hatte ihn gegen einen Einbauschrank zurückgeschleudert. Blut spritzte aus seiner Halsschlagader, der zweite Schuss hatte Karol in die Stirn getroffen. Karol stürzte zu Boden.

Erst jetzt hörten wir in der Ferne Polizeisirenen. Marianne setzte sich zu Anne auf das Bett und strich ihr durchs Haar. Vorsichtig löste sie das Klebeband von Annes Mund.

„Schau mal, ob da eine Schere in der Schublade ist", keuchte Anne.

Marianne wühlte in der Schublade. Mit der Schere, die sie fand, zerschnitt sie Annes Fesseln und dann meine. Anne versuchte, die zerrissene Bluse zuzuknöpfen.

„Mein Gott, Marianne, woher hast du die Pistole?" fragte ich sie.

„Du hättest sie finden können. Sie lag in dem Handschuhfach in meinem BMW. Wolfram hatte zwei solcher Waffen, beide nicht registriert. Ich habe die Waffe nach dem Überfall auf mich immer im Auto gehabt. Ich war so konfus und voll mit Beruhigungspillen, als ich dir den BMW geliehen habe. Es fiel mir erst heute in Simmerath wieder ein."
„Das wird sicher noch ein kleines Nachspiel haben", sagte Anne. „Zumindest eine Geldstrafe."

Marianne zuckte mit den Schultern und sah den toten Karol an. Sein Kopf hin unnatürlich zur Seite. Jedes Gericht würde Notwehr anerkennen. Und Marianne hatte Anne und mich gerettet.

„Ich wollte ihn nicht töten", sagte Marianne. Ihre Stimme zitterte leicht. „Und trotzdem spüre ich Genugtuung. Ich spüre nichts Anderes. Nur diese Genugtuung."

„Wir dachten, er hätte dich erwischt", sagte Anne. „Wir hatten den BMW neben der Straße stehen sehen."

Marianne nickte. „Ich war auch hier unten und habe ihm die Zündkerzenstecker aus dem Motorrad gerissen. Dann hatte ich Angst. Als ich wieder zurückgegangen bin, habe ich den Toyota hinter meinem Auto stehen sehen und reingeleuchtet. Und deine Jacke auf dem Sitz erkannt, Anne. Dann habe ich die Waffe mitgenommen und bin zurück."

Ich nahm Marianne in die Arme und spürte ihre Tränen an meiner Wange.

„Ich bin froh, dass es dich gibt," sagte ich.

Die belgischen Polizeifahrzeuge rasten in den schmalen Weg und hielten vor Karols Campingwagen. Die in Lüttich geborene Belgierin Anne hatte keine Sprachbarrieren. Ich hörte, wie sie die Gendarmen in Französisch begrüßte.

Es war vorbei...

Der Autor

Jean-Louis Glineur wurde 1964 in Verviers/Belgien als Sohn eines belgischen Unteroffiziers und einer deutschen Mutter aus Hollerath in der Eifel geboren. Als sein Vater Léon Ende der 1960er Jahre im belgischen Camp Vogelsang in der Eifel als Soldat stationiert war, zog die Familie aus der Wallonie nach Gemünd.

Der Autor besuchte das Städtische Gymnasium Schleiden und schloss dieses 1984 mit dem Abitur ab und entschied später, eine Berufsausbildung zum Industriekaufmann zu absolvieren.

Seit 2001 lebt er in der Städteregion Aachen im Eifelstädtchen Simmerath mit seiner Frau Ute.

Kommentare über das gleichnamige Hörbuch aus dem Verlag Radioropa Hörbuch Division Of Technisat Digital

„...*die Story ist rasant erzählt und fesselt den Zuhörer durch eine Menge spannender Actionhöhepunkte. Das Finale ist gekonnt herbeigeführt und abgeschlossen, da gibt's es nichts zu meckern...*" (4.11.2006 - Michael Matzer, freiberuflicher Journalist)

„...*dass der Autor sich in der Nordeifel bestens auskennt, wird sehr deutlich. Man erfährt nicht nur Einzelheiten über die landschaftlichen Gegebenheiten, sondern auch über die Menschen, die dort und im angrenzenden Belgien leben. Wenn ich mal wieder in diese Gegend komme, werde ich mich wohl fast ein bisschen wie zu Hause fühlen können...*" (17.11.2006 – User Bavaria123 für ciao.de)

„...*ohne Liebesgesülze und Kitsch beschreibt der Autor die vor 20 Jahren innige Beziehung zu der Vergewaltigten. Das ist immer noch ein Band der Zuneigung, aber eben platonisch. Sehr glaubwürdig ist, dass der Detektiv wegen dieser Jugenderinnerung sehr emotional den Vergwaltigungsfall angeht. Glaubwürdigkeit ist ohnehin der Kick der Geschichte...*" (8.12.2007 schaefi_eifel; Rezension eines Kunden für amazon.de)